Das Vermächtnis

Band 3 der Aurelia-Reihe

Das Vermächtnis

Band 3 der Aurelia-Reihe

Autorin: Rita de Monte

Bibliografische Information der Deutschen Nationalbibliothek: Die Deutsche Nationalbibliothek verzeichnet diese Publikation in der Deutschen Nationalbibliografie; detaillierte bibliografische Daten sind im Internet über dnb.dnb.de abrufbar.

© 2022 Rita de Monte
Herstellung und Verlag: BoD – Books on Demand, Norderstedt"
ISBN: 9-783756809691 Taschenbuch

Inhalt:

I

II

Winterzeit

Es hatte wieder angefangen zu schneien. Dicke Flocken tänzelten vom Himmel, auf die gefrorene Erde herunter. Es war klirrend kalt, als Aurelia hinunter zu den Stallungen ging.

Tarek, ihr tunesischer Mann, hatte sich noch immer nicht an die Kälte in Deutschland gewöhnt, obwohl sie inzwischen drei Jahre verheiratet waren. Man brachte ihn deshalb bei Minusgraden kaum dazu, das schützende, warme Gutshaus zu verlassen. Selbst wenn es um die Null Grad hatte, mummelte er sich in mindestens zwei Pullover und eine Jacke ein. Da war Aurelia schon härter im Nehmen. Dafür hatte sie damals die Hitze an der afrikanischen Nordküste nicht so gut vertragen.

Wie jeden Vormittag, nach dem gemeinsamen Frühstück mit ihrem Mann und Georg, ihrem Großvater, machte Aurelia ihre Runde zu den Stallungen hinunter. Jetzt im Winter war nicht so viel zu tun, denn die Pferde wurden bei dieser eisigen Kälte nicht trainiert. Doch sie wollte ihre Lieblingspferde besuchen und nach dem Rechten sehen.

Sturmwinds Bein war inzwischen schon längst abgeschwollen. Aber sobald er es längere Zeit belastete, fing er an zu lahmen. Er würde für den Rennsport vermutlich nicht mehr taugen. Sie hatten deshalb beschlossen, den junge Sturmwind und seinen Vater Djamal nur noch als Deckhengste einzusetzen. Djamal sollte weiterhin die Freizeit Pferdelinie bedienen, während Sturmwind die neuen Rennstute beglücken durfte, die Georg vom Rennstall Gerber erworben hatte. Zehn wundervolle englische Vollblüter standen im Stall und einige waren bereits tragend. Vielleicht entstanden aus dieser Verpaarung einige vielversprechende Nachwuchs Rennpferde. Man würde sehen.

Ihre erfolgreiche Stute Joy of Life, die unter ihrem Jockey Joaquin in Frankreich so sensationell gelaufen war, würde in der nächsten Rennsaison wieder antreten und hoffentlich weiterhin gewinnen. Die gewonnenen Preisgelder waren zu einem schönen Polster angewachsen und sie hatten keine Geldsorgen.

Kurz darauf stand Aurelia an Sturmwinds Box. Sie öffnete die schwere Holztür mit den Gitterstäben und trat hinein. Der weiße Araberhengst wieherte ihr zärtlich entgegen und stupste sie mit seinen weichen Nüstern sanft an.

„Hey, mein Schöner. Wie geht es Dir denn heute." Sie bückte sich zu seinem Bein hinunter und strich vorsichtig tastend darüber. Sturmwind ließ sie gewähren. Das Bein fühlte sich nicht mehr heiß an, es war also nicht mehr entzündet. Er war bei seinem letzten Rennen schwer gestürzt und hatte sich einen bleibenden Sehnenschaden zugezogen. So ein Verlust. Er war der geborene Gewinner gewesen. Doch manchmal ging das Schicksal seltsame Wege.

Sie musste an ihren Ex-Ehemann Raoul denken. Er war bei dem Versuch Lösegeld für Joaquin und Willi zu erpressen, getötet worden. Vermutlich hatte er gedacht, er hätte ihren neuen Ehemann Tarek in seiner Gewalt, denn Joaquin war auch ein dunkler Typ. Nun musste sie jedenfalls keine Übergriffe mehr befürchten und konnte in Ruhe, ohne mentale Sorgen, ihre Schwangerschaft genießen. Inzwischen war sie im achten Monat und ihr Bauch war bereits kugelrund. Was es wohl werden würde. Sie hoffte, dass das Baby dieses Mal gesund sein würde. Tränen stiegen ihr in die Augen, als sie an ihren kleinen Sohn Alexander dachte, der im letzten Spätfrühling gestorben war. Er war weggelaufen und hatte giftige Beeren gegessen, die er im Wald gefunden hatte. Leider kam jede Hilfe zu spät. Alexander war taub geboren worden. Aber sie hatten ihn alle sehr geliebt. Der kleine Sonnenschein würde unvergessen bleiben. Doch nun versuchte Aurelia sich auf das neue Leben zu konzentrieren, das in ihr heranwuchs. Das Kleine sollte nicht unter ihrer Trauer um Alexander leiden müssen.

Nachdem sie Sturmwind ausgiebig gestreichelt hatte, ging sie weiter zu Joys Box. Die Stute hatte bereits ihr Mineralfutter, Heu und frisches Wasser bekommen. Als sie den Kopf hob, um Aurelia zu begrüßen, hing noch ein Wisch Heu aus ihrem Maul. Genüsslich fraß sie weiter und weil die junge Frau nicht stören wollte, ging sie weiter zu Djamal, ihrem ersten Araberhengst. Georg hatte ihn ihr geschenkt, als sie bei ihm eingezogen war. Mit ihm hatte sie einige Abenteuer erlebt, als sie damals auf der Suche nach ihrem leiblichen Vater, quer durch die arabischen Kontinente geritten war. Niemals hätte sie gedacht, dass sie ihren Vater lieben könnte, aufgrund ihrer gemeinsamen Vorgeschichte. Er hatte inzwischen schon so viel für sie getan und seinen furchtbaren Fehler wieder gut gemacht, obwohl er in Spanien lebte. Also weit weg von ihr. Aber immer, wenn sie ihn gebraucht hatte, dann war er da gewesen.

Djamal war inzwischen schon ein älterer Pferdeherr, aber immer noch genauso schön anzusehen wie früher. Mit seinen aufgeweckten, schwarzen Knopfaugen, die von langen, dichten Wimpern umrandet waren, schaute er ihr aufmerksam entgegen. Dann schnaubte er leise, als ob er sagen wollte: „Hast Du mir etwas mitgebracht?"

In der Tat hatte Aurelia noch einige Apfelstücke in der Tasche, die sie ihm nun auf der ausgestreckten Hand hinhielt. Auch mit diesem Pferd unterhielt sie sich eine Weile und tätschelte ihn am Hals. Welch wundervolle Zuhörer Pferde doch sind. Man konnte ihnen allen Kummer anvertrauen.

Aurelia und Tarek liebten sich zwar immer noch so wie am ersten Tag, doch manche Dinge verstand er einfach nicht. Da war es gut, einen tierischen Zuhörer zu haben der nichts ausplaudern konnte.

Die junge Frau ging weiter von Box zu Box und schaute bei jedem Pferd vorbei. Als sie gesehen hatte, dass die

Stallburschen eifrig mit füttern und striegeln der Pferde beschäftigt waren und alles reibungslos ablief, beschloss sie, wieder ins Gutshaus zurückzugehen. Sie stöhnte, als sie den Hang zum Haus hinauf stapfte. Der Schnee war doch schon fast zwanzig Zentimeter hoch liegen geblieben.

Auf der Türschwelle stampfte sie kurz auf, um ihre Stiefel vom Schnee zu befreien, dann ging sie in den kleinen Flur, zog die nassen Schuhe aus und schlüpfte in ihre warmen Pantoffeln, die Tarek ihr geschenkt hatte.

Tarek saß, zusammen mit Georg, im Esszimmer. Dies war einfach der gemütlichste Raum im Haus, in dem sich die ganze Familie mehrmals täglich traf. Maria, die langjährige Haushälterin hatte ein gemütliches Feuerchen im Kamin angezündet und es war mollig warm.

Als Aurelia, mit ihren von der Kälte geröteten Wangen, ins Zimmer trat, stand der junge Tunesier auf und nahm sie in den Arm.

„Ich war doch nur eine Stunde weg, mein lieber Mann," schmunzelte sie.

Tarek grinste. „Ja, aber ich vermisse Dich einfach, wenn Du nicht hier bist." Er drückte sie sanft auf ihren Stuhl. Auch Georg konnte sich ein Lächeln nicht verkneifen. Aber er war froh, dass Aurelia so glücklich war. Er war sehr besorgt um das junge Paar gewesen, nach dem Unglück mit ihrem kleinen Sohn Alexander. Doch bald würde er erneut Urgroßvater werden. Er freute sich schon sehr darauf. Hoffentlich ging alles gut.

„Wo sind denn eigentlich Joaquin und Kati? Die beiden habe ich heute noch gar nicht gesehen, nicht mal zum Frühstück." Aurelia wunderte sich. Georg meinte: „Na ja, die beiden sind frisch verliebt. Da muss man nicht so viel essen."

Tatsächlich hatten die beiden das Frühstück zusammen im Bett verbracht.

Kati war erst nach der Geburt Alexanders zu den von Dorners in den Haushalt gekommen. Sie war als Lehrerin und Erzieherin für den kleinen Alexander eingestellt worden, da sie mit der Gehörlosensprache vertraut war. Fleißig hatte sie mit dem kleinen Mann geübt, damit er sich verständigen konnte. Noch immer hatte sie schwere Schuldgefühle, denn sie gab sich die Schuld daran, dass Alexander in einem unbeaufsichtigten Moment, davongelaufen war. Aurelia hatte versucht, ihr diese Schuld auszureden, denn das hätte jedem von ihnen passieren können. Aber es gelang nicht so recht. Immer wieder rutschte sie in melancholische Momente ab.

Dann war, Anfang des Jahres, plötzlich Joaquin aufgetaucht, als die Familie einen Jockey gesucht hatte. Er war nicht viel größer als sie, aber sehr attraktiv mit seinem dunklen Haarschopf. Jedes Mal, wenn sie in seine sanften, braunen Augen blickte, fühlte sie sich geliebt und es wurde ihr warm ums Herz. Wäre er nicht gewesen, wer weiß, ob sie sich nicht etwas angetan hätte.

Als Joaquin nach der Rennsaison und dem Abenteuer in Frankreich, bei dem er entführt worden war, endlich nach Hause auf den Dornerhof zurückgekommen war, war Kati überglücklich gewesen. Sie hatte den jungen Mann von Anfang an sehr attraktiv gefunden. Doch erst vor Kurzem, hatte auch Joaquin ihr seine Liebe gestanden. Ihr sehnlichster Wunsch hatte sich erfüllt und bald wollten sie heiraten und planten schon eifrig.

„Sollten wir nicht aufstehen?" Kati war es etwas peinlich, denn immerhin lebten sie im Haus ihres Arbeitgebers und es schickte sich nicht, so offen in wilder Ehe in einem fremden Haus zu leben und zu lieben. Doch Aurelia hatte ihr mehrfach versichert, dass sie es schön finde, dass sie ihr Glück gefunden habe. Deshalb wollte sie auch die Hochzeit auf dem Gestüt ausrichten.

„Komm wieder ins Bett Liebling." Joaquin zog sie zu sich. „Es ist eh nicht viel zu tun. Da können sie schon mal einen Tag auf uns verzichten."

Doch Kati war zu pflichtbewusst. Sie wollte hinunter gehen und ihren Teil zur täglich anfallenden Arbeit beitragen. Sie zog sich an, wusch sich in der bereitgestellten Waschschüssel mit eisig kaltem Wasser und kämmte ihre kurzen, schwarzen Haare.

Dann warf sie sich auf Joaquin und kitzelte ihn durch vor lauter Übermut. Der gab ihr prompt kontra. Beide kicherten sie so laut, dass es sicher alle im Haus hören mussten. Als Kati dies bewusstwurde, nahm sie Joaquin an der Hand und zog ihn aus dem Bett.

„Jetzt steh endlich auf, Du Faulpelz. Wir werden nicht fürs Faulenzen bezahlt."

Maulend stieg der junge Franzose endlich aus dem Bett und zog sich an. Als er seine

Katzenwäsche vollzogen hatte, gingen sie zusammen die Treppe hinunter.

Maria, die betagte Haushälterin, hatte Kati schon entdeckt. „Kati komm doch bitte. Ich brauche Hilfe beim Gemüse putzen. Mein Rücken schafft die ganze Arbeit bald nicht mehr und Monika ist zu ihrer kranken Mutter nach Hause gefahren. Die fällt heute aus."

Kati eilte sofort zu ihr in die Küche. Solange das neue Baby noch nicht auf der Welt war, half sie bei allem, was so anfiel, denn die alte Maria war inzwischen auch schon über siebzig Jahre alt und nur noch fürs Kochen zuständig. Alles andere mussten das Hausmädchen Monika und sie stemmen. Aurelia hatte mit dem Haushalt nichts zu tun, denn sie war die Chefin und hatte mit den Pferden genug zu tun.

Während Kati bereits Gemüse putzte, setzte Joaquin sich zu den anderen an den Esszimmertisch.

Tarek stichelte. „So, bist Du auch schon aus dem Bett gefallen? Wie ist es denn so, frisch verliebt zu sein?"

Der Franzose grinste. „Der Ehrenmann genießt und schweigt. Was steht denn heute so an? Ich nehme an, zum Pferdetraining ist es zu kalt."

Georg lachte. „Ja, das ist es. Wir wollen nicht, dass dir die Ohren abfrieren bei dieser Kälte und ich glaube die Pferde genießen es auch, einmal nichts tun zu müssen."

Joaquin nickte. „Bestimmt ist das so. Wir sollten ihnen auch ein bisschen Ruhe gönnen. Ich bin so gespannt auf die neuen Fohlen. Aber da müssen wir ja leider noch bis zum Frühling warten. Vielleicht bin ich da schon wieder auf der Rennbahn mit Joy. Ich hoffe, wir können in der nächsten Rennsaison an unsere Erfolge anknüpfen."

„Jetzt kommt erst mal ein anderer neuer Erdenbürger auf die Welt. In sechs Wochen müsste das Kleine schon da sein." Georg freut sich.

Aurelia mischte sich ein. „Vielleicht sollten wir uns erst einmal um Katis und Joaquins Hochzeit kümmern. Wenn unser

Baby erst einmal da ist, dann habe ich keine Zeit mehr für die Planung."

Tarek grinste den schmalen Franzosen an.

„Dann bist Du auch im Ehegefängnis."

Aurelia boxte ihren Mann in die Seite und tat, als ob sie mit ihm beleidigt wäre. Dann wandte sie sich wieder Joaquin zu.

„Nein, ernsthaft. Eigentlich wäre es am besten, wenn ihr in den nächsten vier Wochen heiraten würdet."

Joaquin nickte. „Da überlasse ich Dir ganz freie Hand liebe Aurelia. Du bist ja schon Profi bei der Hochzeitsplanung."

Aurelia beschloss, sich Kati vorzuknöpfen. Sie ging in die Küche und setzte sich zu ihr. Die junge Frau mit dem aparten Bubikopf saß am Tisch und schälte Karotten fürs Mittagessen.

„Guten Morgen Kati," sagte Aurelia. „Hast Du Dir schon Gedanken gemacht, wann ihr heiraten wollt? Ich habe gerade mit deinem zukünftigen Mann gesprochen und wir haben gedacht, dass es in den nächsten vier Wochen wohl sinnvoll wäre. Anschließend werde ich nicht mehr viel Zeit haben, wenn das Baby da ist."

Kati lächelte. „Von mir aus kann es nächste Woche sein, oder so schnell wie eben möglich. Den Mann muss ich festnageln, nicht dass er mir abhandenkommt."

Aurelia lachte schallend. „Gut, dann schicke ich den alten Vinzenz zum Pfarrer. Der soll uns einen Termin geben. Ich nehme an, dass ihr nur im kleinen Kreis heiratet, oder? Hast du noch irgendwelche Verwandten, die du einladen möchtest?"

Kati schüttelte den Kopf. Nein, meine Eltern sind tot und Geschwister habe ich keine. Ansonsten steht mir niemand so nahe, dass ich ihn dabeihaben möchte. Soweit ich weiß, hat auch Joaquin niemanden. Es sind also nur wir Beide und deine Familie."

„Umso besser. Dann geh ich Vinzenz suchen."

Sie zog sich warm an und ging noch einmal hinunter zum Stall. Dort rief sie nach dem alten Kutscher. Sie fand ihn in der Sattelkammer. Er war gerade dabei die Sättel einzufetten. Der Winter war für Pflegemaßnahmen die beste Jahreszeit.

„Ach, da bist Du ja Vinzenz. Ich habe einen speziellen Auftrag für dich." Der ältere Mann schaute sie verdutzt an.

„Kati und Joaquin wollen heiraten und ich dachte, es wäre sinnvoll, wenn wir das Fest bald ausrichten: Wenn mein Baby da ist, dann habe ich keine Zeit mehr für sowas. Kannst du heute im Laufe des Tages bitte zu Pfarrer Seibold reiten und ihn um einen Hochzeitstermin für die Beiden bitten? Das wäre echt großartig."

Vinzenz nickte. „Natürlich. Ich mache mich sofort auf den Weg."

Schneehochzeit

Vinzenz sattelte seine alte Stute Toffee, eine dunkelbraune Württembergerin mit schwarzer Mähne und stieg auf.

Zum Glück hatte er seine pelzverbrämte, warme Jacke und die gefütterten Stiefel angezogen, denn es war wirklich bitterkalt. Im Stall hatte er das gar nicht so bemerkt. Doch nach kurzer Zeit fror es ihn bereits an die Ohren. Zum Glück waren es nur etwa zwei Kilometer bis zur kleinen Kapelle des Dörfchens.

Er war froh, als er sein Ziel erreicht hatte und durch die schwere Holztür der kleinen Kapelle schritt. Pfarrer Seibold stand in der Nähe des Altars am Wasserbecken. Der Gottesmann hob einladend die Arme und ging auf Vinzenz zu. „Vinzenz, was verschafft mir die Ehre deines Besuches?"

Der alte Mann erklärte ihm den Grund seines Kommens. Pfarrer Seibold ging zum Altar und schaute in seinen Kalender. „Hmm, schauen wir mal. Diesen Sonntag geht es nicht, aber den nächsten.

Sollen wir den Termin nehmen? Dann habt ihr auch noch genügend Zeit euch auf die Zeremonie vorzubereiten."

Vinzenz war zufrieden, stieg auf sein Pferd und trabte nach Hause, um die frohe Botschaft zu überbringen.

Nachdem er Toffee in ihre Box gebracht und abgesattelt hatte, ging er den kleinen Hügel zum Gutshaus hinauf. Sein Atem dampfte in der kalten Luft. Doch drinnen im Haus war es mollig warm.

Er räusperte sich und kurz darauf stand Aurelia vor ihm. „Ah, Vinzenz. Bist du schon wieder da? Und was spricht unser Pfarrer?"

„Er lässt ausrichten, dass er am übernächsten Sonntag Zeit hätte und hält sich für zehn Uhr bereit."

„Danke Vinzenz. Dann werde ich die frohe Kunde gleich dem Brautpaar überbringen." Sie ging zurück in die Küche, während Vinzenz wieder in den Stall hinunter ging, um seine Arbeit fortzuführen.

„Kati," rief Aurelia als sie in die Küche stürmte. „Ich habe eine gute Nachricht für

Dich. Ihr könnt bereits übernächsten Sonntag heiraten. Der Termin steht."

Die junge Frau erschrak. „Aber ich habe doch noch gar kein Brautkleid. Wo soll ich das denn so schnell herbekommen?"

Aurelia lächelte. „Mach Dir keine Sorgen. Ich habe zwei davon. Du kannst dir eines aussuchen und ich lasse es von Monika abändern. Du bist doch etwas zierlicher als ich."

Kati strahlte. „Das würdest Du für mich tun Aurelia? Vielen, vielen Dank. Darf ich mir die Kleider ansehen?"

Aurelia nickte. „Natürlich. Das machen wir gleich nach dem Mittagessen."

Sie ging ins Esszimmer, um auch Joaquin die frohe Botschaft zu überbringen. Dem wurde es etwas mulmig, aber natürlich freute er sich auch.

Tarek grinste seinen Freund an. Er wusste genau, wie der Franzose sich fühlte. Auf der einen Seite war da pure Freude, und andererseits auch Angst in der Ehe gefangen zu sein und über alles, was man tat Rechenschaft ablegen zu müssen.

Kati konnte es kaum erwarten die Braut-kleider zu sehen. Direkt nach dem Mit-tagessen ging Aurelia mit Kati hoch in ihre Räumlichkeiten, wo sie zusammen mit Tarek lebte. Aus einem großen, dunk-len, mit schönen Schnitzereien versehe-nen Schrank aus Walnussholz, nahm Au-relia zwei lange, weiße Kleider heraus und legte sie aufs Bett. Kati war ganz ent-zückt und kam aus dem Schwärmen nicht mehr heraus. Sie entschied sich für das wunderschöne, schneeweiße Kleid mit dem enganliegenden Oberteil und dem weit ausgestellten Glockenrock, das Au-relia bei ihrer Hochzeit mit Tarek getra-gen hatte. Der herzförmige Ausschnitt mit der zarten Spitze und der schmal ge-haltenen Taille, stand Kati ausgezeichnet. Man würde es nur etwas enger nähen müssen und natürlich kürzen, denn Kati war fast zehn Zentimeter kleiner als Au-relia.

„Siehst Du Kati, jetzt bist Du schon fast ausgestattet. Ich habe auch noch wunder-schöne, lange Ohrringe mit

Bergkristallen. Die würden sicher ganz hervorragend dazu passen. Ein zartes Goldkettchen mit einem einzelnen gefassten Bergkristall müsste auch noch irgendwo sein. Wo ist der denn nur. Ach, da habe ich ihn. Du wirst wunderschön aussehen."

Die junge Frau bewunderte sich im Spiegel. „Ich denke, Du hast recht. Das Kleid ist unglaublich schön. Was wohl Joaquin dazu sagen wird?"

„Du weißt, der Bräutigam darf die Braut erst vor dem Altar sehen. Also habe bitte etwas Geduld. Mir ging es damals genauso. Ich konnte es kaum erwarten. Aber es sind ja nur noch neun Tage."

„Zum Glück. Die schaffe ich auch noch." Kati zog das Kleid wieder aus und legte es sorgfältig zusammen.

Die Tage verrannen schnell und am Hochzeitssonntag schien die Sonne strahlend an einem wolkenlosen, blauen Himmel.

Kati hatte in dieser Nacht kaum schlafen können, während ihr zukünftiger Mann, selig schnarchte und kein bisschen aufgeregt zu sein schien. Es war noch dunkel als sie aufstand und in die Küche hinunterschlich. Maria und Monika, die inzwischen wieder da war, werkelten schon geschäftig in der Küche herum. Die alte Haushälterin hatte für heute ein besonders aufwändiges Menü geplant.

„Was willst Du denn schon hier in der Küche?" Monika schmunzelte. „Du kannst es wohl gar nicht abwarten eine Madame zu werden?"

Kati kicherte. „Madame Joaquin de la Roche. Das klingt doch gut?"

Zu Maria gewandt fragte sie: „Maria, hast Du schon einen starken Schwarztee für mich, mit ganz viel Zucker? Ich brauche heute gute Nerven."

Maria zeigte auf eine Porzellankanne und schmunzelte vor sich hin. Sie war noch nie verheiratet gewesen, aber sie konnte sich in etwa vorstellen wie nervös und aufgeregt Kati sich fühlen musste.

Während Kati sich einschenkte und drei Löffel Zucker dazu gab, tauchte Aurelia ebenfalls in der Küche auf.

„Guten Morgen allerseits. Hier ist schon ganz schön was los."

Auch sie holte sich eine Tasse und goss Schwarztee hinein, den sie mit Zucker süßte und mit einem Schuss Sahne abrundete.

„Prost Kati, auf Dich. Nach dem Frühstück werden wir Dich schön machen, noch schöner meine ich, denn schön bist Du schon. Die Männer fahren dann voraus."

„Ihr könnt Euch gar nicht vorstellen wie aufgeregt ich bin. Ich freu mich schon so," strahlte Kati und nippte an ihrem heißen Getränk.

„Doch Kati, glaub mir, das kann ich. Ich war bei meinen beiden Hochzeiten vorher so aufgeregt, dass ich nichts zu mir nehmen konnte. Mein Herz klopfte, als wolle es mir aus der Brust hüpfen. Doch wenn Du vor dem Altar stehst, dann wirst Du ganz ruhig sein. Glaub mir."

„Dein Wort in Gottes Ohr Aurelia."

Nach und nach wachten auch die Herren auf und setzten sich an den gedeckten Esszimmertisch. Maria bewirtete die Männer, während Aurelia mit Kati nach oben schlich.

Tarek grinste. „Und, wie fühlst Du Dich Joaquin?"

„Als ob ich zur Schlachtbank geführt werde." Er grinste bei diesen Worten.

Georg schmunzelte und reichte ihm das Brotkörbchen hinüber. „So schlimm ist die Ehe gar nicht. Du hast Dir doch sicher die Hörner schon abgestoßen. Ich kann mich erinnern, dass Du in Paris ganz schön unterwegs warst, wenn wir frei hatten."

Joaquin sagte dazu nichts, aber der Schalk blitzte aus seinen braunen Augen.

„Wo sind denn die Damen?" Tarek wunderte sich, weil er wusste, dass Aurelia bereits vor ihm aufgestanden war, aber noch nicht zu Tisch erschienen war.

„Ich denke, sie ist bei Kati, um sie hübsch herzurichten."

Nach dem ausgiebigen Frühstück verschwanden auch die Männer in ihren Zimmern, um sich zu waschen und ihre besten Anzüge anzuziehen.

Es dauerte dann auch nicht lange, bis Vinzenz eine zweispännige Kutsche vor der Haustür parkte. Damit sollten die Männer vorausfahren. Georg übernahm den Kutschbock und fuhr mit Tarek und dem Bräutigam bereits zur Kapelle voraus.

Vinzenz ging wieder in die Stallungen um für die Braut und die anderen Damen, den Sechsspänner vorzubereiten. Aufgrund der Kälte hatte man die Kutsche nicht mit aufwändigem Blumenschmuck schmücken können. Doch der Stallknecht, hatte die Pferdegeschirre mit vielen kleinen Glöckchen ausgestattet. Vinzenz musste nur noch die Schimmel anspannen.

Die Glöckchen bimmelten in unterschiedlichen Tonlagen, als der Kutscher hoch zum Haupthaus fuhr. Eine entzückend geschmückte Braut, Aurelia, Maria und Monika, stiegen ein und Vinzenz fuhr zur Kapelle.

Dort wartete Georg bereits auf ihre Ankunft. Er entbot Kati seinen Arm und half
ihr beim Aussteigen, dann führte er sie
durch das große, hölzerne Tor in die
kleine Kirche hinein. Er hatte es sich
nicht nehmen lassen, für die junge Frau
den Brautvater zu spielen, da sie keine Eltern mehr hatte und die junge Braut hatte
sich darüber sehr gefreut.

Die drei anderen Damen setzten sich in
die vorderste Reihe, um einen uneinge-
schränkten Blick auf die Zeremonie zu
haben.

Joaquin stand vor dem Altar und blickte
auf seine zukünftige Frau, die am Arm
Georgs langsam auf ihn zuschritt. Das
weiße Kleid betonte ihre zarte Figur, die
langen Bergkristallohrringe funkelten im
Licht, das durch die bunten Fenster der
kleinen Kirche fiel und sich in den Kris-
tallen brach. Es sah fast so aus, als hätte
sie einen bunten Heiligenschein um den
Kopf. In der Hand hielt die Braut ein ganz
entzückendes Blumensträußchen aus ge-
trockneten Rosen, welches Maria noch

aufgetrieben hatte, denn leider waren in dieser kalten Jahreszeit keine frischen Rosen zu bekommen.

Georg legte Katis Hände in die Joaquins und setzte sich zu den Damen und Tarek auf die Bank.

Pfarrer Seibold begann mit der feierlichen Zeremonie und bald durfte sich das frischgebackene Ehepaar die Ringe an die Finger stecken.

„Hiermit seid ihr Mann und Frau." Herr Seibold nickte den beiden zu und somit war die Zeremonie beendet. Mit einer kleinen Predigt schloss er ab und nachdem alle gratuliert hatten, teilte sich die kleine Gruppe auf die beiden Kutschen auf und fuhr nach Hause.

Maria eilte sofort in die Küche, um das Essen auf den Tisch zu bringen, während sich die anderen bereits ins Esszimmer gesetzt hatten.

Aurelia brachte zwei Flaschen Champagner und füllte ihn in die bereitgestellten hohen Kelche aus wertvollem Kristallglas, die nur selten benutzt wurden. Dann reichte sie jedem der Anwesenden eines der Gläser, dann stießen sie auf eine glückliche Ehe des Brautpaares an.

Währenddessen begannen Maria und Monika die Vorspeise zu servieren.

Auf den Tellern lag feines geräuchertes Forellenfilet mit einer Meerrettich Sahne Sauce und verschiedene Wurzelsalaten.

Es schmeckte sehr gut und die Teller waren bald leer.

Der Hauptgang bestand aus einem Rehrücken mit glacierten Maronen und Karottengemüse und als Nachtisch wurde ein Schokoladen Parfait serviert.

„Maria, Du hast dich wieder einmal selbst übertroffen. So gut habe ich schon lange nicht mehr gegessen." Georg lobte seine Hausangestellte. Er war froh, dass sie all die Jahre bei ihm geblieben war. Es waren jetzt wohl schon weit über vierzig Jahre, dass sie bei ihm angestellt war. Was hätte er nur ohne sie getan. Daran mochte er gar nicht denken, vor allem, weil sie inzwischen auch schon älter war und immer gebrechlicher wurde. Genau wie er. Auch er hatte die siebzig schon überschritten. Seine Knochen taten ihm oft weh, die Augen waren schlecht geworden, nur der Kopf funktionierte noch recht gut. Auch dafür war er sehr dankbar.

Sie saßen noch eine ganze Weile zusammen und plauderten über das letzte Jahr und über neue Pläne fürs nächste Jahr. Irgendwann löste sich die Tafel auf. Joaquin und seine Angetraute verschwanden in ihrem Zimmer, um ihre Hochzeitsnacht zu zelebrieren.

Tarek, Aurelia und Georg gingen zu den Pferden in den Stall. Im Winter beschränkten sie sich meistens darauf, zweimal am Tag zu kontrollieren, ob die Pferde gut versorgt waren und es ihnen gut ging. Denn schließlich waren sie ihr Kapital und man setzte große Hoffnungen in die Tiere.

Georg plauderte noch mit Vinzenz und Aurelia besuchte Sturmwind, während Tarek zu Joy of Life ging, um sie ein bisschen zu streicheln.

Wenn er so zurückdachte, dann konnte er sich gar nicht mehr vorstellen, wie es ohne seine geliebte Frau gewesen war. Er war jetzt über drei Jahre hier auf dem Gestüt und hatte es noch keinen einzigen Tag bereut. Auch wenn es hier im Winter so saukalt war. Nur der Tod Alexanders war für sie alle ein furchtbares Unglück gewesen. Doch sie hatten diese Krise zusammen überstanden und es schien, als ob es sie noch stärker zusammengeschweißt hatte.

Er ging zu seiner Frau hinüber, die bei Sturmwind in der Box stand. Welch schöner Anblick die beiden doch waren. Sie hatte mit diesem Hengst einige Siege errungen, bevor er gestürzt war. Das Schicksal macht einem oft einen Strich durch die Rechnung. Doch bald würde sie mit ihrem neuen Baby beschäftigt sein. Er freute sich sehr darauf. Was es wohl werden würde? Hoffentlich war es gesund. Irgendwann würden Sie einen Nachfolger oder eine Nachfolgerin brauchen.

Neuankömmling

Er musste gar nicht mehr lange warten. Etwa drei Wochen später saßen sie alle beim morgendlichen Frühstück zusammen. Aurelia hatte sich schon in der Nacht unruhig hin und her gewälzt, doch sie war immer wieder eingeschlafen. Heute Morgen fühlte sie sich wie gerädert und nicht wirklich ausgeruht.

Während sie genüsslich Zwetschgenmarmelade auf ihr Brot strich, bemerkte sie den ersten Schmerz in ihrem Rücken. Noch dachte sie sich nichts dabei, denn es war eigentlich noch zehn Tage zu früh für die Ankunft des Babys.

Doch nach einigen Minuten fing es schon etwas heftiger an zu ziehen und so ging es nun stetig weiter.

„Ich geh nach oben meine Lieben. Mir ist es heute nicht so gut. Tarek, kannst Du nachher zu mir hochkommen, wenn Du fertig gefrühstückt hast?"

Ihr Mann schaute sie seltsam an und nickte.

Aurelia ging die Treppe hinauf, in ihr Zimmer und legte sich aufs Bett.

Tatsächlich, die Wehen kamen in etwa zehnminütigen Abständen. Als etwa zwanzig Minuten später ihr Mann zu ihr hereinschaute, runzelte er die Stirn. Das kannte er gar nicht, dass Aurelia sich am helllichten Tag ins Bett legte. Doch nun war ihm klar warum. Sie hielt sich den Rücken. Die Wehen hatten eingesetzt.

„Kannst Du heißes Wasser und saubere Tücher besorgen Tarek? Und lass Sabrina, die Hebamme rufen. Sie hat mir bei Alexander schon so gut geholfen."

Tarek stürmte aus dem Zimmer. Zunächst rannte er in die Küche und bat Maria heißes Wasser bereit zu halten. Monika suchte währenddessen nach sauberen Tüchern. Dann eilte der junge Mann in den Stall und bat Vinzenz darum, die Hebamme Sabrina zu holen. Danach rannte er schnell wieder zu seiner Frau.

Aurelia lag stöhnend auf dem Bett. „Hilf mir bitte, mich auszuziehen mein Schatz. Das Kleine ist ganz schön schnell."

Tarek wurde unter seiner braunen Haut richtig blass. Ihm war gar nicht wohl zumute. Währenddessen klopfte es und Monika brachte heißes Wasser und die Tücher.

Aurelia lächelte ihren Mann tapfer an. „Keine Angst mein Schatz, das schaffen wir schon. Es wird bald da sein."

Sie stöhnte laut auf. Die Wehen waren in Presswehen übergegangen. Kurz darauf war bereits das Köpfchen zu sehen. Tarek schwankte zwischen Übelkeit und unbeschreiblichen Glücksgefühlen, als das kleine Mädchen vor ihm auf dem Laken lag.

„Was muss ich jetzt tun Aurelia?"

„Wickel es in eines der Handtücher, damit es schön warm hat. Dann musst du die Nabelschnur durchtrennen und verknoten. Schaffst Du das?"

Während Tarek das Baby versuchte in ein Handtuch zu wickeln, klopfte es und die Hebamme stürmte ins Zimmer. Sie lachte. „Da war ja jemand ziemlich schnell. Geh mal weg da Tarek, ich mach das mit der Nabelschnur."

Tarek rutschte zur Seite und überließ es Sabrina, Mutter und Kind zu versorgen. Er fühlte sich schwach, überfordert und hatte das Gefühl, noch nicht aufstehen zu können. Deshalb blieb er noch etwas sitzen. Nach und nach wich die Übelkeit und das Glücksgefühl erhielt die Oberhand.

Gerührt kniete er sich ans Kopfende zu seiner Frau und küsste sie sanft. „Solch ein Wunder zu erleben ist wahrlich nichts für schwache Nerven. Schau mal, wie schön unser kleines Mädchen ist."

Aurelia lächelte, während Sabrina ihr das Baby in den Arm legte.

„Brauchst Du noch etwas Aurelia?"

„Nein, ich möchte mich nur etwas ausruhen."

Sabrina nahm Tarek am Arm und zog ihn von seiner Frau und seinem Kind weg.

„Komm Tarek. Wir lassen die beiden jetzt ein bisschen schlafen."

Der junge Mann ging folgsam mit ihr. Das reizende Bild von seiner Frau und seinem Baby hatte sich in seinem Unterbewusstsein abgespeichert. Er war überglücklich. Die Glückshormone schwappten regelrecht über.

Im Esszimmer wartete bereits die ganze Mannschaft neugierig darauf zu erfahren, welches Geschlecht das Baby hatte und wie es Aurelia ging.

Georg war die ganze Zeit im Esszimmer auf und ab getigert. „Tarek, wie geht's Aurelia und was haben wir denn bekommen?"

Der junge Mann strahlte. „Ich darf euch verkünden, dass es ein gesundes und wunderschönes, kleines Mädchen ist."

Georg freute sich. „Maria, bring uns doch mal etwas von dem guten Cognac. Das muss gebührend gefeiert werden." Die Herren langten kräftig zu und waren bald zu nichts mehr zu gebrauchen.

Maria, Monika und Kati schüttelten nur die Köpfe. Typisch Männer. Jeder Anlass wurde benutzt, um kräftig zu feiern und zu trinken. Aber es war ja auch wirklich ein Grund zur Freude.

In der Küche setzten sich die Frauen an den Tisch und begossen die Geburt mit stark gesüßtem Tee.

Kati lächelte vor sich hin. „Warum grinst du denn so Kati?"

„Eigentlich habe ich auch eine frohe Botschaft zu verkünden. In acht Monaten werde ich auch Mama sein."

Monika schaute sie ungläubig an. „Ehrlich? Das ging aber schnell. Aber eigentlich schön, denn dann können die Kinder miteinander spielen."

„Ja, aber sagt es bitte noch niemandem. Ich will erst ganz sicher sein, dass es bleibt."

Maria und Monika nickten verständnisvoll. „Dein Geheimnis ist bei uns sicher."

Nach einer Weile stand Maria auf und kochte eine warme Milch mit Honig, stellte die Tasse auf ein Tablett und legte noch einige selbstgebackene Kekse darauf. Dann ging sie zu Aurelias Zimmer,

klopfte leise und als sie ein „Herein"
hörte, trat sie ein.

„Wie geht es Dir denn mein Kind. Darf
ich Dein kleines Mädchen einmal anschauen?"

„Komm nur Maria, ich bin wach und natürlich kannst Du unser neues Baby anschauen."

Maria trat ans Bett und stellte das Tablett
auf dem Nachtischchen ab.

Zärtlich streichelte sie die kleinen Finger
des zarten Kindes. Es hatte einen rötli-
chen Flaum auf dem kleinen Köpfchen.

„Mein Gott, ist die niedlich. Hoffen wir,
dass sie hören kann."

„Ja, das hoffe ich auch. Danke für die
warme Milch. Ich brauche jetzt eine
kleine Stärkung und dann versuche ich
das kleine Raubtier zu stillen."

Maria lächelte und verabschiedete sich.

„Ich bring Dir später wieder etwas. Ruh
Dich aus Kindchen."

Aurelia versuchte sich aufzusetzen und
trank etwas von der Honigmilch. Das tat
richtig gut. Sie spürte direkt, wie sie neue

Energie bekam. Dann legte sie ihr kleines Mädchen an die Brust. Die Kleine fing sofort an zu nuckeln und die junge Mutter überließ sich ruhig und entspannt ihren Glückshormonen.

Zwei Tage später fühlte sich Aurelia fit genug, um aufzustehen. Nachdem sie die Kleine gestillt hatte, zog sie ihr die neuen Strampler an und nahm sie mit hinunter zum Frühstück.

Georg war ganz entzückt von seinem Urenkelkind. „Aurelia, das hast Du gut gemacht. Sie ist wunderschön."

Die junge Mutter lächelte. „Jetzt brauchen wir nur noch einen Namen für sie. Was haltet ihr denn von Elisabeth Laura von Dorner?"

Tarek und Georg nickten beide gleichzeitig. „Ich denke wir sind einverstanden. Ein sehr wohlklingender Name."

„Gut," sagte die junge Mutter. „Dann ist es entschieden." Sie drückte die kleine Elisabeth ihrem Großvater in die Arme und strich sich zufrieden ein Marmeladenbrot.

Georg war ganz vernarrt in das kleine Mädchen.

Er versprach ihr: „Ganz bald bekommst du dein erstes Pony."

Aurelia schmunzelte. Das würde wohl noch einige Jahre warten müssen.

Eine Woche später, ließ auch Kati die Bombe platzen. Wieder einmal saßen alle am Frühstückstisch.

„Kati, Du strahlst in letzter Zeit förmlich. Dir scheint das Eheleben gut zu bekommen." Aurelia schaute sie intensiv an.

Die junge Frau senkte schüchtern den Blick. „Gut, dann werde ich euch eben mein Geheimnis verraten."

„Geheimnis," fragte Tarek.

„Ich bin schwanger und wenn alles gut geht, dann werden wir im August nächsten Jahres auch Eltern." Liebevoll schaute sie Joaquin an.

Aurelia freute sich. „Das sind ja großartige Neuigkeiten Kati. Dann können die beiden Kinder miteinander spielen. Da du sowieso Kindermädchen und Erzieherin von Elisabeth bist, ist das doch ideal. Ich hoffe, ihr bleibt ganz lange bei uns."

Joaquin nickte. „Wir haben nicht vor euch zu verlassen. Ich will mit Joy noch viele Siege und vor allem viel Preisgeld heimbringen."

Nach Weihnachten und nach Silvester können wir vermutlich auch bald wieder mit dem Training beginnen.

Georg brummte. „Übermorgen ist ja schon Weihnachten." Er mochte das Weihnachtsfest nicht, weil es ihn immer daran erinnerte, dass seine Tochter Laura und seine Frau nicht mehr dabei sein konnten.

Doch auch dieses Jahr brachte er es gut hinter sich. Doch war er sehr froh, als das neue Jahr anbrach. Endlich ging es wieder auf den Frühling zu. Seine alten Knochen brauchten dringend etwas Wärme. Immer nur vor dem Kamin zu sitzen, nervte ihn. Er fühlte sich zu nichts mehr nütze und wollte wieder raus zu seinen Pferden. Oft dachte er an seine besten Zeiten zurück, als er Reisen durch den

Orient unternommen hatte, um die besten Araberpferde einzukaufen. Mit den edlen Pferden hatte er damals seine Zucht und Gestüt Dornerhof gegründet. Er dachte an den wunderschönen Schimmelhengst Estawan, den er bei Reiterspielen entdeckt hatte und für teures Geld gekauft und auf abenteuerliche Weise nach Hause gebracht hatte. Damals war er nur knapp mit dem Leben davongekommen.

Später war es dieser Hengst gewesen, wegen dem seine Tochter Laura damals ins Unglück gestürzt worden war. Doch wäre es nicht so gewesen, dann gäbe es seine Enkelin Aurelia mit ihrer kleinen Elisabeth nicht. Auch die negativen Begebenheiten beherbergen Gutes in sich. Er war sehr dankbar für sein erfülltes Leben und noch wollte er sich nicht zur Ruhe setzen, solange es sein Körper zulassen würde.

Inzwischen war es bereits Ende Januar geworden. Der Boden war noch immer gefroren und die Nächte waren noch klirrend kalt. Doch tagsüber gab es strahlend schöne Tage.

Heute war Georg unternehmungslustig gestimmt. Er wollte nicht im Haus herumsitzen. Deshalb zog er sich warm an, setzte seine pelzverbrämte Mütze auf und ging zu den Stallungen hinunter. Eigenhändig sattelte er sein altes Araberpferd Hadwa, eine hübsche Fuchsstute, und machte sich auf den Weg nach Birnau. Dort, in einem kleinen Kolonialwarenladen, gab es auch die neueste Wochenzeitung.

Pferderennen waren inzwischen auch in Deutschland in Mode gekommen. In Baden-Baden hatte man eine neue Rennbahn gebaut und nur die Reichen und Schönen verkehrten dort. Dieses Jahr wollte er die Stute Joy für einige Rennen dort anmelden. Denn, je mehr Rennen sie gewannen, desto bekannter würde sein Gestüt werden und das war natürlich gut fürs Geschäft.

Wieder zu Hause angekommen, versorgte er sein Pferd und ging hoch ins Haus, um die Zeitung zu studieren.

Deutschland entwickelte sich immer mehr zur stärksten Macht innerhalb des europäischen Kontinents. Der Welthandel florierte und die Bevölkerungszahlen explodierten. Es war wahrlich eine gute Zeit, in die seine kleine Urenkelin hineingeboren worden war.

Auch das Gestüt florierte. Da die Menschen Geld hatten, kauften Väter für ihre Töchter Pferde. Je edler die Abstammung, desto besser. Wenn man sich ein Pferd leisten konnte, dann war man in den oberen Klassen angesehen, denn ein Pferd zu halten war ein gewisser Luxus.

Georg seufzte. Sie hatten sich letztes Jahr sowieso ein recht ansehnliches finanzielles Polster geschaffen durch die gewonnenen Rennen. Nur schade, dass Sturmwind nicht mehr laufen konnte. Der alte Mann fühlte sich manchmal sehr müde. Er war immerhin schon über siebzig und seine Knochen taten ihm oft weh. Trotzdem fand er, dass Bewegung die beste Medizin war. Als er gerade aufstehen wollte, kam Aurelia ins Esszimmer.

„Guten Morgen Großvater. Was brütest Du denn schon wieder aus?" Sie hatte die kleine Elisabeth auf dem Arm. Diese krähte fröhlich, als sie ihren Urgroßvater sah.

Georg lächelte und kitzelte die Kleine. Sie hatte immer noch keine Haare auf dem Kopf, nur einen spärlichen roten Flaum. Wenn sie lächelte, erschienen kleine Grübchen in ihrem Babygesichtchen und die blauen Augen blitzten schon richtig übermütig, obwohl sie erst knapp zwei Monate alt war. Der alte Mann war hin und weg. „Dir werden die Männer einmal zu Füßen liegen, meine Kleine."

Aurelia lachte. „Das wird hoffentlich noch lange dauern Georg. Ich geh Kati suchen, sie kann auf Ellis aufpassen. Gehst Du dann mit mir in den Stall?"

„Aber klar. Ich warte auf Dich."

Nach etwa zehn Minuten kam Aurelia wieder. Sie hatte ihr Kind Kati übergeben.

Als Aurelias kleiner Sohn damals weggelaufen war und an giftigen Beeren, die er im Wald gefunden hatte, starb, hatte Kati sich schuldig gefühlt. Ihr Lebenswille hing damals an einem seidenen Faden. Doch Aurelia gab ihr keine Schuld, denn es hätte im Grund jedem passieren können.

Schließlich waren auch Maria und Monika im Haus gewesen und die hatten das Verschwinden des Kleinen zunächst auch nicht bemerkt. Deshalb war es für Aurelia auch nie eine Option gewesen Kati zu entlassen.

Kati dankte es Aurelia, indem sie noch besser auf die kleine Ellis aufpasste und die junge Mutter somit wieder den Geschäften nachgehen konnte.

Aurelia wusste, dass Georg hin und wieder schwächelte. Er hatte ihr das Gestüt schon vor langer Zeit überschrieben, noch konnte er allerdings nicht loslassen und schaute täglich nach dem Rechten. Doch sie würde ihm jetzt immer mehr abnehmen und ihn entlasten müssen. Deshalb brauchte sie eine zuverlässige, liebevolle Angestellte, die sich um die kleine

Elisabeth kümmerte und dass Kati schwanger war und selbst bald Mutter wurde, fand sie ideal.

Aurelia tippte ihrem Großvater auf die Schulter. „Komm Georg, wir gehen. Ich wollte mit Dir noch die Futterbestände durchgehen. Es ist zwar schon Februar, aber es könnte noch eine Weile kalt sein."

„Ich komme schon."

Zusammen gingen sie zuerst ins Heulager. Dort stellten sie fest, dass es wohl über den Winter gerade so reichen würde. Doch Getreide musste noch bestellt werden. Die tragenden Stuten bekamen täglich etwas Hafer, um bei Kräften zu bleiben.

„Bist Du auch so gespannt auf unseren Fohlennachwuchs Georg?"

„Und wie. Wir werden aber frühestens in zwei Jahren sehen ob da ein vielversprechender Galopper dabei ist."

„Ja, aber vielleicht können wir dann übernächstes Jahr einige der englischen Vollblutstuten in den Rennen laufen lassen.

Hat dir Herr Gerber irgendetwas erzählt über die Stuten?"

Georg grinste. „Nein. Der war froh, dass ich damals nicht die Polizei gerufen habe. Schließlich wollte er Joy vergiften. Aber vielleicht weiß Joaquin etwas über sie. Der kommt ursprünglich aus diesem Rennstall."

Aurelia würde den Jockey später fragen. Sie waren inzwischen bei den tragenden Stuten angelangt. Die Stallburschen hatten bereits gefüttert und die Pferde kauten genüsslich auf ihrem Heu.

Es waren sehr schöne Tiere, die Georg da eingekauft hatte. Allerdings nervte die Warterei auf den Nachwuchs. Bei Geburten konnte so vieles schief gehen. Es war jedes Mal ein Erlebnis, aber sie hatten auch schon einige dramatische Ereignisse erlebt. Hoffentlich ging dieses Mal alles gut, dann würden sie zehn wunderschöne Fohlen haben.

Sie gingen weiter zu Joy, besuchten Sturmwind und anschließend ihren alten Hengst Djamal. Bei jedem Pferd verweilten sie ein bisschen und streichelten es. Diese Besuche waren wichtig, um das seelische Band zu den Pferden aufrecht zu erhalten.

Als die beiden wieder ins Haus zurück gingen war es schon fast wieder Zeit fürs Mittagessen. Georg erklärte Aurelia noch, bei welchem Lieferanten sie Hafer bestellen musste, danach setzten sich alle zu Tisch.

Neue Pläne

Der ganze Clan traf sich zu den üblichen Essenszeiten im Speisezimmer. Dort wurden dann auch die wichtigsten Tagesabläufe und Pläne für die weitere Zukunft des Gestüts besprochen.

Aurelia wandte sich an den Jockey. „Sag mal Joaquin, bist Du schon einmal mit einer unseren neuen englischen Vollbluttuten in einem Rennen gestartet? Damals im Rennstall Gerber? Wir wissen nämlich rein gar nichts über die Stuten, die wir eingekauft haben."

Der junge Mann nickte. „Ja, in der Tat. Einmal bin ich auf der Fuchsstute Shutterfly in einem Rennen in Manchester gestartet. Sie war gut, aber wir haben nur den vierten Platz belegt. Damals war sie aber auch gerade erst zwei Jahre alt und es war ihr erstes Rennen. Potential hätte sie sicher. Aber so schnell wie Joy ist sie vermutlich nicht. Ich bin aber gespannt auf ihr Fohlen. Wann müsste es denn kommen?"

„Etwa Mitte März. Es dürfte das Erste sein, das auf die Welt kommt. Hoffen wir, dass alles gut geht. Es ist für mich jedes Mal wieder aufregend."

Joaquin lachte. „Ja, immer wieder ein Wunder. Ich bin gespannt auf mein kleines Wunder." Liebevoll lächelte er seine schwangere Ehefrau an." Diese senkte verschämt den Kopf und lächelte.

Tarek schmunzelte. „Du wirst dich noch wundern, wie müde man sein kann nach einigen schlaflosen Nächten mit einem Baby. Aber ich muss gestehen, auch ich bin von einer Geburt jedes Mal fasziniert."

Georg mischte sich ein. „Nun aber zu etwas anderem. Ich würde Joy für den großen Preis in Baden-Baden anmelden. Der findet aber erst im September statt. Seid ihr einverstanden?"

Alle nickten unisono.

„Gut, dann ist das geklärt. Wir könnten uns damit vielleicht einen guten Namen in Deutschland machen. Unsere Kunden sind inzwischen hauptsächlich aus dem

Inland. Allerdings wäre ab März oder April auch wieder Saison in den Pariser Hippodroms. Ich will Joy nur nicht verheizen. Was denkst Du Joaquin, wie viele Rennen kann sie laufen ohne Schaden zu nehmen?"

Joaquin überlegte. „Bei Gerber sind die Pferde oft zwei Rennen im Monat gelaufen. Aber der war nicht sehr auf sein Material bedacht. Ich würde sie höchstens einmal im Monat laufen lassen. Dann kann sie zwischendurch wieder zu Kräften kommen. Du musst bedenken Georg, wir haben momentan nur Joy und wenn wir Glück haben und die Fohlen von ihren Müttern entwöhnt sind, dann haben wir vielleicht auch da noch die eine oder andere Stute, die das Potential zur Siegerin hat. Aber das sehen wir dann, wenn es soweit ist."

„Du hast recht. Dann werden wir sie ab April in Paris anmelden, dann hat sie dort vier oder fünf Rennen. Dann kommst Du nach Hause und kannst im August bei der Geburt Deines Kindes dabei sein.

Anschließend gehen wir nach Baden-Baden. Aurelia, übernimmst Du die Anmeldungen? Einverstanden?"

Joaquin nickte. Er freute sich schon darauf, wieder Rennbahnluft schnuppern zu dürfen. Auf Dauer war es langweilig zu Hause zu sitzen und seiner Frau zuzuschauen, wie ihr Bauch immer runder wurde. Er liebte seine Kati abgöttisch, aber ein Mann braucht auch seine Freiheit und er war das Herumreisen mit den Pferden gewohnt. Nach der langen, ruhigen Winterzeit sehnte er sich nach dem Adrenalinkick, den er immer bekam, wenn er auf ein Rennpferd stieg. Außerdem musste er erst einmal fünf Kilo abnehmen, denn er hatte seine Jockey Gewicht von maximal sechzig Kilo, weit überschritten und musste den Speck erst wieder abtrainieren.

Aurelia ging mit Georg ins Büro. Sie schrieb dem Lieferanten und schrieb sich die Termine für die Rennbahnen heraus.

Georg wollte zur Telegrafenstation reiten und die Anmeldung in Paris übernehmen.

Er ging hinunter in den Stall, sattelte seine Stute und machte sich auf den Weg ins Dorf.

Währenddessen kam ein Bote und brachte einen Brief für Aurelia. Er war von Sara. Ihre Mutter war im letzten Jahr verstorben und sie war ins Allgäu gereist, um den Nachlass zu regeln. Ursprünglich hatte Sara als Aurelias Zofe auf dem Dornerhof gearbeitet.

Liebe Aurelia,
ich möchte Dir mitteilen, dass ich das Haus meiner Mutter inzwischen verkauft habe und Mitte März wieder bei Euch in Birnau sein werde.
Ich freue mich schon darauf, Dein Baby kennen zu lernen. Es müsste inzwischen doch schon da sein?
Bis bald.
Deine Sara

Aurelia freute sich sehr, dass Sara bald wieder hier sein würde.

Nun fehlte nur, dass auch Willi wieder zurückkam. Auch seine Mutter kränkelte immer wieder und er hatte den Winter bei ihr verbringen wollen. Rotschopf Willi war als Stallbursche bei den von Dorners angestellt und doch gehörte auch er irgendwie zur großen Familie dazu.

Aurelia beschloss nach ihrem Töchterchen zu sehen. Im warmen Esszimmer saß Kati an der Wiege, die Tarek in den Wintermonaten zusammen mit Georg, angefertigt hatte. Die kleine Ellis schlief selig und Kati hatte sich in ein Buch vertieft. Als Aurelia ins Zimmer trat, blickte sie auf und legte ihre Lektüre zur Seite. Sie lächelte. „Unser kleiner Engel schläft."

Aurelia schaute in die Wiege und streichelte ihrer Tochter ganz zart über das beflaumte Köpfchen. „Ich bin gespannt, ob die Haare so rot bleiben."

„Ja, ich auch. Die Augen werden vermutlich auch nicht so blau bleiben, wie sie jetzt sind."

„Sie hat gute Chancen, dass ihre Augen grün werden. Meine Mutter hatte auch grüne Augen, nur waren sie fast wie Smaragde, meine sind eher olivgrün. Lassen wir uns überraschen. Was liest Du denn da?"

„Ich war in der Leihbücherei in Birnau. Dort habe ich dieses Buch gefunden. Es heißt die Elfen und ist von Ludwig Tieck. Du solltest da auch einmal hingehen. Es gibt auch wunderschöne Märchenbücher und massenhaft Liebesromane."

„Ich wusste gar nicht, dass es so etwas gibt, hier in unserem Dorf."

Kati nickte. „Doch, direkt neben der Kathedrale wurde erst neulich diese Bibliothek eröffnet. Es gibt sogar hin und wieder eine Debattierrunde für Frauen. Das hat mir Pfarrer Seibold erzählt."

Aurelia fand dies großartig. „Endlich werden wir Frauen auch etwas respektiert. Meinst Du, dass es dort auch Bücher über Pferdezucht gibt?"

„Keine Ahnung Aurelia. Da müsstest Du selbst einmal hingehen und dich erkundigen. Oder ich schau danach, wenn ich das Buch zurückbringe."

„Mach das. Es würde mich brennend interessieren. Vielleicht kann ich das nächste Mal auch mitgehen. Aber jetzt beginnt die Saison bald wieder und da werde ich ziemlich eingespannt sein und nicht so viel Zeit haben."

Inzwischen war Elisabeth aufgewacht. Sie war ein ruhiges, liebes Kind. Doch jetzt bekam sie Hunger und fing an unruhig zu werden.

Aurelia nahm ihr Kind aus der Wiege und legte sie sich an die Brust. Zufrieden nuckelte die Kleine und schloss dabei wieder die Augen.

Verzückt betrachtete die Mutter ihr Kind. Hoffentlich hatte das Mädchen eine Chance gesund aufzuwachsen. Unwillkürlich dachte sie an ihren tauben Sohn Alexander. Sein Verlust schmerzte immer noch sehr. Doch Elisabeth sollte auf keinen Fall darunter leiden.

„Hallo Ihr Lieben, wo seid ihr denn alle?" Georg war inzwischen wieder zurück.

„Wir sind im Esszimmer," rief Kati. „Hier ist es so schön mollig warm."

Georg kam herein und setzte sich an den großen Eichentisch. „Ich habe jetzt fünf Rennen auf den Hippodroms in Paris gemeldet und das Rennen im September in Baden-Baden auch. Das müsste Joy schaffen, wenn sie gesund bleibt. Ich geh mal Joaquin suchen."

„Geh ruhig", sagte Aurelia. „Ich denke, der ist noch unten im Stall und hält seine Rennstute bei Laune." Sie kicherte.

Erschrocken über die ungewohnten Laute, die ihre Mutter von sich gab, riss die Kleine ihre blauen Augen auf. Aurelia beruhigte sie. „Keine Angst, mein Schatz."

Elisabeth war inzwischen satt und Aurelia legte sie sich über die Schulter, bis die Kleine ihr Bäuerchen gemacht hatte. Dann gingen sie noch ein bisschen hin

63

und her und bevor Elisabeth wieder einschlief, wurde sie in die Wiege zurückgelegt.

„Kati, kannst Du wieder aufpassen? Ich geh zu den Pferden. Heute ist es nicht so kalt und ich möchte so langsam wieder mit dem Longen Training beginnen."

„Aber klar Aurelia, geh ruhig."

Als erstes begrüßte Aurelia ihren alten Araberhengst Djamal, dann holte sie ihr Putzzeug und ging zu Sturmwind in die Box. Der begrüßte sie mit einem leisen Schnauben. Sanft strich sie ihm über die Nüstern. „Na mein Guter, wollen wir nachher ein bisschen arbeiten? Dein Fuß braucht etwas Bewegung."

Sie striegelte sein weißes Fell, was er genüsslich über sich ergehen ließ. Dann klickte sie die Longe in sein Halfter und führte den Hengst auf den Sandplatz. Der Schnee war inzwischen fast geschmolzen, nur hier und da waren noch ein paar Reste liegen geblieben. Die Sonne schien und machte gute Laune.

Froh gestimmt ließ Aurelia den Hengst erst ein paar Runden im Schritt gehen, um sich aufzuwärmen und dann antraben. Immerhin war sein Sehnenschaden momentan so stabil, dass er nicht lahmte. Sie würde jeden Tag eine halbe Stunde trainieren und schauen, wie weit sie ihn belasten konnte.

Nachdem sie ihn etwas longiert hatte, klickte sie die Longe aus und legte ein paar niedrige Hindernisse auf den Boden. Sie wollte auch seinen Kopf trainieren, indem sie ihm leichte Aufgaben stellte, bei denen er sich auf die Bodenhindernisse konzentrieren musste. Sturmwind schienen diese Aufgaben richtig Spaß zu machen. Er genoss es sichtlich ein bisschen gefordert zu werden. Und Aurelia freute sich, als sie sah, wie sehr ihm das Spaß machte.

Nach einer Weile brachte sie den Hengst wieder in den Stall und ging zu Joy of Life hinüber. Dort fand sie Georg und Joaquin in ein Gespräch vertieft. Ihr Großvater erzählte gerade, bei welchen

Rennen er die Stute angemeldet hatte. Joaquin war begeistert.

„Ich freu mich schon. Hoffentlich ist Willi bis dahin wieder da. So allein in Paris rumzusitzen ist auch nicht so prickelnd. Aber mit ihm kann ich mich ins Nachtleben stürzen."

„Sachte junger Mann, Du wirst bald Vater." Georg grinste.

Joaquin nickte. „Ja, genau deshalb. Anschließend ist nämlich Schluss mit der Ruhe. Ich werde schon nichts anstellen, nur gucken."

Aurelia hatte alles gehört und schüttelte nur den Kopf. „Typisch Männer."

Der Jockey schmollte. „Ich verspreche Dir, dass ich nichts Schlimmes tun werde. Ich liebe doch meine Kati."

Aurelia schmunzelte. „Das will ich dir auch geraten haben." Sie wechselte das Thema. „Wann willst Du anfangen Joy zu trainieren?"

Georg hat gesagt, das erste Rennen ist am siebenundzwanzigsten März in Auteuil. Wenn es Morgen trocken ist, dann lege ich los. Es ist schon eine große Erleichterung, dass es inzwischen Güterwagons gibt. Dann werden Joy, Willi und ich uns Mitte März auf den Weg machen. Dann kann sie sich noch eingewöhnen, bevor es richtig los geht.

Rotschopf Willi

Es war inzwischen Ende Februar geworden und Joaquin hatte mit dem Aufbau-
training seiner Stute begonnen.

Sie war noch nicht ganz in Höchstform,
als der Tag der Abreise nahte. Georg hatte
die Zugfahrt im Güterwagon bereits gebucht.

Joaquin war schon ziemlich aufgeregt.
Noch hatte er von seinem Freund Willi
nichts gehört. Er kannte Willi schon
lange, denn er hatte auch früher, im Rennstall Gerber, mit ihm zusammengearbei-
tet und der Rotschopf war sein bester
Freund.

Der junge Jockey hatte die Hoffnung
schon fast aufgegeben, dass Willi pünktlich wieder hier auf Gestüt Dornerhof
sein würde, um mitzukommen. Doch als
hätte Willi die Gedanken des Jockeys gelesen, stand er eines Abends vollkommen
überraschend vor der Tür.

„Halli, hallo, ich bin wieder hier?" Willi
schaute ins Esszimmer, wo wieder einmal
alle beieinandersaßen.

Die Anwesenden schauten ihn überrascht und teilweise etwas irritiert an, weil er so urplötzlich auftauchte.

„Freut ihr euch denn gar nicht, dass ich wieder da bin?"

Georg lachte schallend. „Doch wir freuen uns. Nur hatten wir die Hoffnung schon aufgegeben, dass Du Deinen Rotschopf hier hereinstreckst."

Willi grinste übers ganze Gesicht. „Es tut mir wirklich leid, aber meine Mutter wollte mich gar nicht mehr gehen lassen."

Joaquin war inzwischen aufgestanden und drückte seinen Freund an sich. „Man bin ich froh, dass Du da bist. Du brauchst gar nicht erst auszupacken. In ein paar Tagen reisen wir nach Frankreich. Die Rennbahn wartet auf uns."

„Das sind ja großartige Neuigkeiten. Ich freu mich auf neue Abenteuer. Wohin geht's denn als erstes hin?"

„Nach Auteuil, dort starten wir. Übrigens fahren wir bequem mit dem Zug."

Willi machte große Augen. „Da bin ich gespannt. Schon spektakulär, diese neue

Erfindung. Das macht alles viel einfacher. Wenn ihr nichts dagegen habt, dann geh ich jetzt erst einmal eine Runde schlafen. Ich muss mich von meiner Mutter erholen."

Maria, die gerade den Tisch abräumte, lächelte vor sich hin. Schade, dass sie keine Kinder bekommen hatte. Sie hätte gerne Kinder gehabt. Aber das Schicksal hatte es leider nicht für sie vorgesehen. Aber sie hatte hier ihre Familie, das war auch viel wert. Sie fühlte sich hier sehr geborgen und mit Georg verband sie ein tiefes Band, obwohl sie nie eine Liebesbeziehung gehabt hatten. Man musste einfach mit dem zufrieden sein, was das Schicksal einem zuwies.

Willi fragte: „Wann kommt den Sara wieder?"

Aurelia grinste. Sie wusste, dass Willi die junge Frau sehr mochte. Vielleicht würde sich hier auch noch eine Liebesgeschichte anbahnen.

„Sara müsste übermorgen ankommen. Sie hat das Haus ihrer Mutter inzwischen verkauft. Kannst Du die zwei Tage noch aushalten?"

Willi schmunzelte. „Aber klar. Wo ist denn Dein Mann?"

Tarek ist im Stall. Die erste Stute fohlt. Geh doch runter und hilf ihm. Er freut sich sicher über Gesellschaft."

Das ließ sich Willi nicht zweimal sagen. Dann musste er halt seinen Schönheitsschlaf noch etwas aufschieben.

Er ging nach oben in sein Zimmer und zog seine Stallsachen an. Dann rannte er hinunter zum Stall. Im Mutter-Kind-Stall waren die englischen Vollblutstuten untergebracht, die Georg von Herrn Renner zu einem Spottpreis gekauft hatte.

Willi rief nach Tarek und dessen dunkler Haarschopf zeigte sich an einer der Boxentüren.

„Hey Willi, das ist ja eine Überraschung. Ich dachte schon, Du lässt uns im Stich. Joaquin hatte auch schon Angst, dass er Paris allein unsicher machen muss."

„Das kann ich natürlich auf keinen Fall verantworten." Der Rotschopf musste lachen.

„Meine Mutter wollte mich nicht mehr gehen lassen. Ich kann es verstehen, dass sie ihren einzigen Sohn bei sich haben will, zumal sie gesundheitlich wirklich inzwischen stark eingeschränkt ist. Aber ohne Pferde, kann ich nicht sein. Also habe ich mich aus dem Staub gemacht und ihr versprochen, sie bald wieder zu besuchen."

„Dazu wirst Du jetzt erst einmal keine Zeit haben. Wir haben bis in den September hinein volles Programm. Bleibst Du ein bisschen hier bei mir? Das Fohlen lässt noch auf sich warten."

Willi spürte ein aufgeregtes Kribbeln im Bauch. Klar, ich leiste dir Gesellschaft. Wie heißt denn diese schwarze Schönheit?" Er zeigte auf die Rappstute in der Box.

Tarek öffnete ihm die Boxen Tür. „Das ist Honey. Eine der englischen Vollblutstuten von Gerber. Sie ist wunderschön findest Du nicht auch? Sie zeigt schon Harztropfen am Euter. Lange kann es nicht mehr gehen."

Der junge Tunesier klopfte neben sich auf die Stroheinstreu. „Komm setz Dich zu mir."

Willi ließ sich nicht zweimal bitten und machte es sich im Stroh bequem. „Mit wem wurde sie denn gedeckt?"

„Das wird das erste Fohlen von Sturm-wind sein. Ich bin schon so gespannt. Vor allem, ob es ein Schimmel- oder ein Rappfohlen wird. Die Chance ist 50:50."

Die beiden Männer fachsimpelten mitei-nander, bis Georg auftauchte. „Na, wie sieht es aus."

Tarek und Willi klopften sich das Stroh von ihren Hosen. „Wer übernimmt ei-gentlich die Nachtschicht?"

„Ich denke, wir könnten Aurelia fragen. Sie ist doch immer wild darauf, bei Ge-burten dabei zu sein. Du kannst solange auf euer Kind aufpassen."

Tarek nickte. „Klar, kein Problem. Wir werden sie fragen."

Die beiden jungen Männer machten sich auf den Weg zum Haus hinauf.

Laut polternd gingen sie direkt ins Esszimmer, wo Maria für Tarek noch eingedeckt gelassen hatte. Maria brachte ihm sein Abendessen. „Willi, willst Du vielleicht doch noch etwas mitessen?" Der hatte inzwischen richtig Hunger bekommen und nickte. Also stellte Maria auch ihm noch einen großen Teller Rahmgeschnetzeltes mit Spätzle hin.

Beide Männer aßen mit großem Appetit, als Aurelia, Kati, Joaquin und Monika sich dazu setzten. Die kleine Ellis schlief selig in ihrer Wiege vor dem eingeheizten Kamin. Aurelia hatte sie zuvor gestillt und ihr Bäuchlein war voll.

Es wurde angeregt über die bevorstehende Saison geplaudert. Tarek fragte seine Frau, ob sie nachts die Stutenwache übernehmen wolle. „Aurelia war sofort begeistert, denn es würde das erste Fohlen von Sturmwind sein. „Unsere Kleine habe ich gerade gestillt. Wenn Du Glück hast, schläft sie durch und wenn nicht, dann kommt ihr einfach in den Stall."

Nach dem Essen schnappte sie sich zwei warme Decken und zog sich ihre dicke, pelzgesäumte Winterjacke an. Wenn man im Stall saß, ohne sich zu bewegen, dann wurde es schnell kalt und man fror. Dann machte sie sich auf den Weg hinunter zu Rappstute Honey.

Diese lief unruhig in ihrer Box herum. An den Flanken zeigte sich bereits ein Zittern, ein eindeutiges Zeichen für Wehenaktivitäten. Aurelia war freudig aufgeregt und richtete sich in einer Ecke der Box häuslich ein. Leise sprach sie mit der Stute. „Beachte mich gar nicht meine Hübsche. Ich versuche dich nicht zu stören."

Es wurde inzwischen schon dunkel und Aurelia mummelte sich in ihre Decken. Obwohl es schon Anfang März war, wurde es nachts immer noch empfindlich kalt. Sie schloss die Augen und döste vor sich hin. Sie musste wohl eingeschlafen sein. Sie erwachte, als sie ein zärtliches

Wiehern vernahm. So sprach nur eine Mama mit ihrem Kind. Als sie ihre Augen aufschlug, traute sie ihren Augen nicht. Das Fohlen war bereits da. Noch fiel es immer wieder um, bei dem Versuch aufzustehen. Sie hörte und spürte mehr die Anwesenheit des Neugeborenen, denn es fiel nicht sehr viel Licht in die Box. Doch da sie jetzt wach war, gewöhnten sich ihre Augen schnell an das Dämmerlicht. Die Stute stand ruhig da und begutachtete ihr Fohlen. Mit ihrer Zunge leckte sie es ab und schnupperte intensiv an ihm.

Aurelia blieb ganz ruhig sitzen und beobachtete das Mutter-Kind-Glück. Ob Tiere auch dieses intensive Band zu ihren Kindern spürten. Sie war sich sicher, dass es so war.

Als das Fohlen sicher auf seinen langen Beinen stand und das Euter seiner Mutter gefunden hatte, beschloss Aurelia, in ihr eigenes Bett zu gehen. So wie es momentan aussah, waren keine Zwischenfälle mehr zu erwarten. Die Nachgeburt war abgegangen und somit war alles in

Ordnung. Wenn nur jede Geburt so problemlos ablaufen würde.

„Tschüss ihr beiden." Sie streichelte die Stute und ihr Fohlen, nahm ihre Decken und machte sich auf den Weg zum Haus hinauf. Dort war alles dunkel und ruhig. Sie öffnete die Tür zu ihrem Schlafzimmer und schlüpfte zu Tarek unter die Decke. Er fühlte sich so schön warm an. Sie schmiegte sich an ihn und wärmte sich auf. Tarek hatte instinktiv gespürt, dass sie da war, drehte sich zu ihr um und begann sie zärtlich zu streicheln. Im Halbschlaf liebte er sie und bald darauf schliefen beide, mit einem wohligen Gefühl ein.

Es dämmerte bereits, als ein lautes Krähen Aurelia aus dem Schlaf riss. Elisabeth war aufgewacht und hatte Hunger. Sie holte ihre Tochter aus dem Kinderbettchen, nahm sie zu sich ins Ehebett und stillte sie. Zufrieden schmatzend schlossen sich die kleinen Lippen um Aurelias Brust. Sie genoss die Nähe zu ihrer Tochter sehr. Auch Tarek war aufgewacht und für ihn war es jedes Mal wieder wie ein Wunder diese vertraute Einheit zu sehen die Mutter und Kind bildeten. Zufrieden seufzend nahm er seine zwei Frauen in den Arm.

„Weißt Du eigentlich, wie sehr ich euch liebe?"

Aurelia sah ihn zärtlich an. „Ja, Tarek, das weiß ich und ich danke Gott jeden Tag dafür, dass ich dich gefunden habe. Hoffen wir, dass er uns lange zusammenbleiben lässt."

Als das Tageslicht immer mehr die Oberhand gewann und Elisabeth fürs erste satt war, stand das junge Ehepaar auf. Erst jetzt dachte Tarek daran, dass Aurelia nachts im Stall gewesen war. „Da du bei mir im Bett liegst, nehme ich an, dass wir ein gesundes Fohlen bekommen haben."

„Ja, haben wir. Aber ich habe in der Nacht nicht mehr viel gesehen. Als das Kleine bei seiner Mutter getrunken hat, bin ich ins Bett."

Während sie sich noch unterhielten, zog Aurelia ihr Töchterchen an. „Komm gehen wir frühstücken und dann möchte ich das Fohlen besuchen."

Sie gingen zusammen ins Esszimmer und Aurelia legte Ellis in ihre Wiege.

Nach und nach kam die ganze Mannschaft zum Frühstück und alle wollten wissen, wie die Geburt verlaufen war.

„Honey hat das super hinbekommen. Ich muss wohl eingeschlafen sein und bin aufgewacht, als das Fohlen schon da war."

Georg schmunzelte. „Manchmal ist es am besten, die werdenden Mamas gar nicht zu stören. Die machen das meistens recht gut allein. Ich war schon im Stall. Wir haben ein Stutfohlen bekommen und ich denke, es wird ein Rappstütchen bleiben. Sie hat auch schon die langen Beine Sturmwinds."

„Gut, dann fehlt uns nur noch ein Name. Was haltet ihr denn von Apachi?"

„Apachi vom Dornerhof. Gut, genehmigt. Ich werde die Geburt anzeigen und die Papiere beantragen. Aber jetzt will ich erst einmal das Fohlen anschauen gehen. Kommst Du mit Tarek?"

„Klar komm ich mit, ich hol nur ein paar Karotten aus der Küche für Honey. Wartest Du kurz?"

Kurz darauf gingen sie den Weg zu den Stallungen hinunter und bald standen sie vor Honeys Box. Die kleine Apachi stand jetzt sicher auf ihren langen Beinen und suchte immer wieder die Zitzen ihrer Mutter, um ein Schlückchen Milch zu trinken.

Tarek und Aurelia nahmen dieses friedvolle Bild in sich auf. Tarek meinte: „Ich freue mich schon, wenn alle Fohlen auf der Welt sind und sie zusammen auf der Weide herumhüpfen. Ich finde, das ist jedes Mal ein ganz besonderes Spektakel."

Aurelia nickte. Ja, da hatte er recht. Es war so ein schöner Anblick, die Fohlen miteinander spielen zu sehen.

„Das wird noch acht Wochen dauern, bis alle da sind. Da sind Joaquin und Willi schon in Paris."

Tarek riss sich vom Anblick los und meinte, dass er jetzt endlich anfangen müsse zu arbeiten. Joaquin war auch in den Stall gekommen und hatte damit begonnen Joy zu striegeln. Er wollte sie nachher auf der Trainingsbahn reiten und Tarek sollte die Zeit nehmen.

Aurelia holte sich ebenfalls ihr Putzzeug und ging zu Sturmwind, um ihm die frohe Botschaft zu überbringen, dass er Vater geworden war. Doch diesen interessierte das nicht wirklich. Er freute sich viel mehr, dass er auf den Sandplatz durfte. Als Joaquin auf Joy an ihm vorbeiritt, um zur Trainingsbahn zu gelangen, wieherte er freudig. Scheinbar erinnerte er sich daran, wie es war, richtig rennen zu dürfen. Doch Aurelia wollte nicht, dass sein Bein sich wieder verschlechterte. Deshalb durfte er nur an der Longe etwas traben und galoppieren und damit ihm nicht langweilig wurde, trainierten sie Bodenarbeit.

Sie waren mitten in der Arbeit, als eine einspännige Kutsche vorfuhr und Sara ausstieg.

Aurelia winkte ihr von weitem zu und beschloss, die Arbeit mit Sturmwind für heute zu beenden.

Nachdem sie den Hengst in seine Box zurückgebracht und versorgt hatte, ging sie schnell zum Haus hinauf.

Sara saß bereits am Tisch und hatte eine dampfende Tasse Tee vor sich. Als Aurelia eintrat, erhob sich Sara und ging auf sie zu. Die beiden umarmten sich innig.

„Sara, herzlich willkommen zurück. Ich freu mich so, dass Du wieder da bist. Übrigens glaube ich, dass Willi sich auch riesig freuen wird. Der hat nämlich schon gefragt, wann Du endlich ankommst."

„Willi hat Dich das gefragt? Oha, was soll mir das denn wohl sagen?"

„Ich denke, der steht auf Dich. Aber jetzt muss er erst mit Joaquin nach Paris. Das erste Rennen startet Ende März in Auteuil."

Sara hatte die Wiege mit der kleinen Elisabeth entdeckt. „Oh, wie süß. Ist das deine kleine Tochter? Sie ist niedlich."

„Ja, das ist Elisabeth. Sie scheint gesund zu sein, jedenfalls konnte ich bisher noch nichts feststellen, was auf etwas anderes hindeuten würde. Sie reagiert auf Geräusche, also ist sie nicht taub."

„Das sind ja großartige Neuigkeiten liebe Aurelia. Ich freue mich so für Dich."

Kati hatte sich inzwischen zu den beiden Frauen gesetzt. „Und wie ich sehe liebe Kati, wird bald ein zweites Baby auf die Welt kommen."

Die junge Erzieherin strahlte. „Joaquin und ich haben geheiratet und im August wird unser erstes Baby auf die Welt kommen."

Sara freute sich sichtlich, dass in ihrer Abwesenheit so viele positive Dinge passiert waren. Alle erzählten sich ihre Neuigkeiten und tranken zusammen Tee. Irgendwann gesellte sich auch Maria hinzu. Sie genoss es zwischen den Mädchen zu sitzen und einfach zuzuhören. Es war in der Tat ihre Familie und sie fühlte sich wohl alle zu umsorgen. Eigentlich konnte sie sich nichts Schöneres vorstellen. Leider spürte sie ihren Rücken immer mehr und sie war nicht mehr so flink wie früher.

Das Leben auf dem Gestüt nahm wieder Fahrt auf. Der Frühling nahte in großen Schritten und es wurde zunehmend milder.

Nach und nach kamen Fohlen auf die Welt. Leider war auch eine Totgeburt dabei gewesen und die Stute trauerte sehr um ihr Kind. Um sie abzulenken, begann Joaquin mit einem leichten Training auf dem Sandplatz. Es schien zu funktionieren. Dabei stellte er fest, dass die Stute sehr willig war zu arbeiten.

Moonlight war eine langbeinige Stute mit einer außergewöhnlichen Fellfarbe. Sie war grau, hatte aber eine kleine Schnippe auf den Nüstern und vier weiße Fesseln. Sie war mit ihren vier Jahren fast schon zu alt, um Rennen zu laufen. Doch Joaquin wollte ihre Zeit wissen. Er bat

Tarek mit ihm auf die Trainingsstrecke zu kommen.

Dort ließen sie Moonlight laufen so schnell sie konnte. Und tatsächlich, sie lief eine fantastische Zeit. Fast so schnell wie Joy.

Am Abend, als wieder einmal alle am Esstisch versammelt waren, schlug Joaquin deshalb vor, Moonlight als Ersatzstute nach Paris mitzunehmen.

Zunächst war Georg nicht begeistert, denn es waren natürlich Mehrkosten. Doch der Jockey war Feuer und Flamme und so stimmte Georg zu.

Einige Tage später packten Joaquin und Willi ihre Sachen. Tarek und Georg machten sich zusammen mit den beiden auf den Weg nach Überlingen zum Bahnhof.

Kati und Joaquin hatten in der vorangegangenen Nacht intensiv voneinander Abschied genommen. Kati war schon etwas traurig, dass sie die nächsten Monate ohne ihren Mann auskommen musste.

Aber zur Geburt ihres Kindes wollte er wieder da sein.

Georg hatte einen Güterwagon für die Stuten Joy und Moonlight sowie Joaquin und Willi gebucht. Die Reise konnte losgehen.

Georg und Tarek schauten etwas wehmütig auf den Zug, der sich bald in Bewegung setzte und in Richtung Frankreich rollte. Zu gerne wären sie bei dem Abenteuer dabei gewesen.

Georg hatte Joaquin Geld mitgegeben und ihn angewiesen, regelmäßig zu telegrafieren, denn er wollte unbedingt auf dem Laufenden bleiben.

Sie machten sich auf den Weg nach Hause.

Georg grübelte. Tarek schien sich zu fragen, warum dieser so still war und was in dessen Kopf vor sich ging.

„Warum bist du denn so still Georg."

Dieser antwortete: „Ich denke, wir müssen weiteres Personal einstellen. Unser alter Vinzenz ist auch nicht mehr so fit und ein Stallbursche reicht nicht für die ganze Stallarbeit. Dich und Aurelia brauche ich, um die Pferde zu trainieren. Ich selbst bin einfach zu alt, um noch körperlich mitzuarbeiten. Jeder Knochen tut mir weh. Es ist wahrlich kein Spaß, alt und gebrechlich zu werden."

Tarek nickte. „Das glaube ich Dir sofort. Meinst Du Gerber könnte uns da noch einen Tipp geben?"

„Der wird wohl sauer auf uns sein. Ich denke, es ist besser, einfach eine Annonce in einer Pferdezeitschrift aufzugeben. Ich werde das veranlassen."

Während Tarek nach ihrer Ankunft auf dem Gestüt in den Stall ging, um die Pferde zu trainieren, machte sich Georg auf den Weg in sein Büro. Dort wollte er eine entsprechende Anzeige formulieren und sie danach zur Zeitung bringen. Er war gespannt, ob sich jemand brauchbarer melden würde.

Aurelia hatte ihre Tochter Kati und Sara überlassen. Die beiden war gute Freundinnen geworden und hatten sich viel zu erzählen.

Aurelia wollte nach den Stuten und ihren Fohlen sehen. Inzwischen hatte bereits sechs der zehn Stuten gefohlt. Es fehlten also noch vier, die in den nächsten Tagen abfohlen würden.

Während es auf dem Gestüt viel Arbeit gab, waren Joaquin und Willi bereits in Paris angekommen. Die Reise war ohne Zwischenfälle verlaufen und die Männer waren noch immer ganz begeistert von ihrer ersten Zugfahrt. Inzwischen hatten sie die Stute ausgeladen und waren auf dem Weg in ihre Unterkunft, nahe der Rennbahn Auteuil.

Auteuil war inzwischen fast mit dem Stadtkern von Paris zusammengewachsen. Früher einmal war es eine eigenständige Gemeinde gewesen. Zwischen Rive Droit, dem rechten Ufer des Flusses Seine und dem Bois de Boulogne gelegen, gehörte es zu den vornehmsten und teuersten Vierteln der französischen Hauptstadt.

Die Menschen, die hier lebten, waren alle aus der Oberschicht und die Rennbahn war zwar klein, aber exklusiv. Personen aus der armen Bevölkerung hatten hier nichts zu suchen. Dementsprechend teuer war auch ihre Unterkunft.

Es war keine kleine bescheidene Herberge, sondern ein kleines, feines Hotel. Doch selbst hier war die Eingangshalle mit teurem Marmor gefliest. An den Wänden hingen teure Seidentapeten mit der obligatorischen Lilie. Ganz typisch für Frankreich.

Da Joaquin selbst Franzose war, konnte er sich perfekt verständigen. Nachdem sie die Stuten in den angrenzenden Stall gebracht hatten, betraten Joaquin und Willi das Foyer und erkundigten sich nach den reservierten Zimmern. Man gab ihnen bereitwillig Auskunft und ein livrierter Page trug ihr leichtes Gepäck nach oben.

Willi staunte nicht schlecht, als er sein Reich betrat. Georg hatte Einzelzimmer gebucht und sich nicht lumpen lassen, denn er wollte, dass die beiden Männer sich wohlfühlten.

Beide Zimmer waren fast gleich einge-richtet. Der dunkle Holzboden schim-merte frisch gebohnert. Die edlen roten Seidentapeten mit eingeprägtem Ton in Ton Mustern sahen sehr edel aus. Die leichten Holzmöbel im Stil Ludwigs des 14 rundeten das Bild ab. Eine kleine Bar, gut bestückt mit alkoholischen Getränken und einer kleinen Holzbox mit edlen Zi-garren, ließ jedes Männerherz höher-schlagen. Hier konnte man sich wirklich wohlfühlen.

Der Page wünschte ihnen einen schönen Abend und schloss die Tür hinter sich.

Willi warf sich auf sein Bett und träumte von Sara. Sie war so niedlich. Ob er wohl eine Chance bei ihr hatte? Er beschloss sich etwas frisch zu machen. Joaquin würde ihn nachher abholen, um das Vier-tel zu erkunden.

Etwa eine halbe Stunde später klopfte es an Willis Tür. Ein geschniegelter Joaquin stand davor. „Und, können wir loszie-hen?"

Willi nickte. „Klar, von mir aus kann es losgehen. Kannst Du Dich noch an den Nachtclub erinnern, in dem wir waren, als wir das letzte Mal hier waren?"

Joaquin grinste. „Gute Idee, da gehen wir heute Abend hin."

Sie verließen das Hotel und gingen einige Straßen weiter, bis sie in einer kleinen, dunklen Nebengasse ein rotes Schild entdeckten, welches auf das Etablissement hindeutete.

Durch einen dunkelroten Samtvorgang hindurch, kamen die beiden in einen schummrigen großen Raum. Dort standen viele kleine Tischchen. Auf jedem Tisch stand eine Kerze, die etwas Helligkeit spendete.

Im hinteren Bereich des Raumes gab es eine große Bar. Eine ältere, stark geschminkte Dame, war bereits dabei Cocktails in allen Farben zu mixen. Joaquin und Willi setzten sich auf zwei Barhocker. Noch war das Etablissement spärlich besucht.

Eine leicht bekleidete junge Frau tanzte an einer Stange, während einige andere Damen gelangweilt herumsaßen und auf Kundschaft warteten.

„Sag mal Joaquin, würdest Du Kati mit einem dieser leichten Mädchen betrügen?"

Der Jockey schüttelte den Kopf. „Dazu bin ich noch zu frisch verliebt. Ich denke nicht, dass diese Art von körperlichem Genuss, wahre Liebe ersetzen kann. Das hier ist nur etwas für jemanden wie dich, der keine Partnerin hat. Einfach um zu entspannen. Aber ich würde Kati nie betrügen. Dazu liebe ich sie viel zu sehr und ich freue mich auch auf unser gemeinsames Kind. Solch ein Glück würde ich niemals aufs Spiel setzen. Wenn Du jedoch das Bedürfnis hast, dann tu Dir keinen Zwang an. Noch bist Du nicht vergeben."

Willi grinste. „Momentan habe ich auch nicht das Bedürfnis. Aber die Mädchen anzuschauen ist ja auch nicht übel. Das genügt mir völlig."

Sie blieben noch eine Weile an der Bar sitzen und schauten den tanzenden Mädchen zu. Doch bald machten sie sich auf den Weg ins Hotel.

Noch zehn Tag bis zum Rennen. Joaquin wollte morgen zur Rennbahn gehen und schauen, ob er dort Boxen für die Pferde anmieten konnte. Er war der Meinung, dass die Pferde sich leichter auf das nahe Renngeschehen einstimmen konnten, wenn sie bereits vor dem Start dort einzogen.

Es war eine andere Atmosphäre auf der Rennbahn als in einem Mietstall.

Während Joaquin sich am nächsten Tag mit einer Kutsche zur Rennbahn fahren ließ, bummelte Willi durch das Stadtviertel, auf der Suche nach einem hübschen Geschenk für Sara. Doch er fand nichts, was ihm wirklich gefiel.

Zum Abendessen traf er sich mit seinem Freund im Speisesaal.

„Und hast Du etwas erreichen können?"
Der Jockey nickte. „Ja, wir können fünf Tage vor dem Rennen zwei eigene Boxen

beziehen. Was hältst Du denn davon, wenn ich Moonlight auch anmelde? Georg hat mir genügend Geld mitgegeben."

Willi grübelte. „Meinst Du, das würde er wirklich wollen?"

„Na ja, eigentlich ist Moonlight nur der Ersatz, falls Joy ausfällt. Aber sie hat zu Hause solch eine gute Zeit hingelegt, dass ich einfach unglaublich neugierig bin, wie sie in einem Rennen laufen würde. Wenn wir es nicht ausprobieren, dann wissen wir nie, ob sie den Strapazen gewachsen ist. Es tut ihr nämlich nicht gut, wenn sie fünf Monate nur rumsteht."

„Eigentlich hast Du recht Joaquin. Wir riskieren es. Und ich glaube nicht, dass Georg uns rauswirft, falls Moonlight nichts gewinnt. Im schlimmsten Fall zieht er uns die Startgebühr von unserem Lohn ab und ich denke, das Risiko können wir eingehen. Machen wir einfach halbe-halbe, wenn es so weit kommen sollte."

Er streckte seinem Kumpel die Hand hin und dieser schlug ein. „Abgemacht."

Der Franzose zog ein Dokument aus seiner Tasche. „Schau das ist der Rennplan. Am siebendundzwanzigsten März läuft Joy das erste Mal. Dann würde ich Moonlight für den fünften April melden und dann habe ich auch wieder zwei Wochen Zeit mich zu erholen. Und zwischendurch machen wir Paris unsicher."

„So machen wir das," stimmte Willi zu. „Doch jetzt lass uns schauen, was die Speisekarte zu bieten hat."

Während Willi sich ein Dreigänge-Menü und eine Flasche Rotwein bestellte, musste sich Joaquin mit einem Salat Nizza zufriedengeben. Er hatte noch ein Pfund zu viel auf den Rippen. Dieses musste er in den nächsten Tagen noch loswerden. Deshalb gab es momentan nur Salate und dünne Suppen. Nach dem ersten Rennen würde er sich ein komplettes Menü gönnen.

Auch in dieser Nacht zogen die beiden um die Häuser und genossen das Pariser Nachtleben.

Starlight

Während in Paris Joaquin und Willi die Straßen unsicher machten, kam zu Hause das siebte Fohlen auf die Welt.

Es war früh am Morgen. Aurelia und Tarek waren gerade erst in den Stall gekommen. Während Tarek begann die Boxen auszumisten, ging Aurelia in die Mutter-Kind-Stallung, um zu füttern und nach dem Rechten zu sehen.

Die Fuchsstute Daylight scharrte unruhig in ihrer Box. Aurelia eilte zu ihr. Sie hatte gestern bereits die Harztropfen an ihrem Euter bemerkt und vermutete, dass das Fohlen bald kommen würde. Das Verhalten der Stute deutete ebenfalls darauf hin. Doch ihr gefiel nicht, dass die Stute sich hinlegte, dann wieder aufstand, wieder hinlegte und dabei schwitzte. Das sah nicht gut aus. Sie ging Vinzenz suchen und fand ihn im Heulager.

„Vinzenz, könntest Du bitte den Tierarzt holen? Ich glaube da stimmt etwas nicht." Vinzenz nickte und ging seine Stute satteln.

Aurelia wurde unruhig. Sie litt mit der Stute, die sichtlich Schmerzen hatte.

Erst neulich war sie mit Kati in der neu eröffneten Bibliothek gewesen. Dort hatten sie ein Buch über Geburtsheilkunde gefunden und sich ausgeliehen. Schnell rannte sie zum Haus, um zu schauen, ob sie etwas Brauchbares darin finden konnte.

Das Buch lag in ihrem Zimmer auf dem Nachttisch. Sie rannte die Treppe hinauf, schnappte sich das Buch, setzte sich auf ihr Bett und blätterte die Seiten durch. Unter dem Kapitel Krämpfe und Geburtseinleitung fand sie eine Pflanze beschrieben, die sich Küchenschelle nannte. Doch wie sah dieses Kraut aus und wo sollte sie es so schnell herbekommen. Vielleicht wusste Maria weiter. Aurelia stürmte in die Küche. „Maria, wir haben eine Schwergeburt. In dem Buch, das ich ausgeliehen habe, wird eine Pflanze namens Küchenschelle beschrieben. Die könnte helfen, aber ich habe keine

Ahnung wie die aussieht und wo wir die jetzt herbekommen könnten."

Maria begann zu strahlen. „Da hast Du aber wirklich Glück mein Mädchen. Die Küchenschelle ist eine wunderschöne kleine Blume, die ich natürlich in meinem Gärtchen habe. Sie blüht bereits im März, gehört allerdings zu den Hahnenfußgewächsen, ist also leicht giftig. Zuviel darfst Du ihr davon nicht geben. Aber Du weißt ja, schon Paracelsus sagte: Alle Dinge sind Gift, und nichts ist ohne Gift; allein die Dosis machts, dass ein Ding kein Gift sei. Aber ich hol Dir etwas davon, wart nur einen kleinen Moment. Wie äußern sich denn die Probleme der Stute?"

„Nun sie hat Wehen, legt sich hin und steht wieder auf. Sie schwitzt und scheint Schmerzen zu haben."

Maria nickte und verschwand in ihren Garten. Kurz darauf kam sie mit einigen blauen Blüten wieder. „Schau das ist die Küchenschelle, auch Pulsatilla genannt. Nimm die mit und etwas Pfefferminze.

Vielleicht weiß das Pferd selbst, wieviel es von den Kräutern braucht."

Aurelia nickte dankbar und rannte zurück in den Stall.

Sie legte einige Blüten und etwas Pfefferminze auf ihre Handfläche und bot sie dem unruhig stampfenden Tier an. Zaghaft schnupperte die Stute an den Kräutern und nahm sich zwei der Blüten. Die Pfefferminzblätter ignorierte sie.

Gerade kam Vinzenz den Stallgang entlang und hatte den Tierarzt im Schlepptau.

Herr Geyer war ihr Hoftierarzt. Ein etwas älterer und recht beleibter Mann mit schütterem, blondem Haar. Er sah tatsächlich ein bisschen aus wie ein Geyer, mit seiner Hakennase, aber er war sehr nett und gut in seinem Fach. Schon oft hatte er den Pferden helfen können.

Aurelia seufzte. „Gott sei Dank sind sie da. Ich fürchte, wir haben eine Schwergeburt."

„Beruhigen Sie sich Kindchen. Ich werde die Stute erst einmal untersuchen. Dann sehen wir weiter. Was haben sie ihr denn da gerade gegeben?"

„Küchenschelle. Ich habe gelesen, dass es bei der Geburtseinleitung helfen soll. Aber ich kenne die Dosierung nicht. Sie hat zwei Blüten davon gefressen."

Herr Geyer schaute etwas irritiert, griff zu seinem Stethoskop und hörte den Bauch der Stute ab. „Das Kleine lebt und der Darm arbeitet. Ich werde jetzt schauen, wie weit der Muttermund geöffnet ist und ob das Kleine richtig liegt."

Vinzenz hatte Seife und einen Eimer mit warmem Wasser gebracht. Darin wusch sich der Tierarzt den Arm und fasste in die Scheide des Tieres, um die Lage des Fohlens zu ertasten.

„Das habe ich mir schon gedacht, es liegt nicht richtig. Ein Bein ist angewinkelt. Ich muss die Lage korrigieren."

Aurelia tat die Stute so leid. Aber nach einigen Minuten seufzte der Tierarzt und wusch sich erneut. „So, jetzt liegt das Fohlen richtig. Somit müsste sie es allein schaffen. Ich bleib noch eine halbe Stunde da, zur Sicherheit."

Er drehte sich zu dem alten Vinzenz um. „Vinzenz hast Du irgendwo einen Schnaps für mich?"

Vinzenz grinste. „Aber klar. Ich denke wir können uns ein Gläschen von Georgs gutem Cognac gönnen." Die beiden Männer verzogen sich ins Haupthaus, wo sie sich, mit Georg zusammen, ein Gläschen genehmigten. Sie fachsimpelten noch eine Weile, danach entlohnte Georg den Tierarzt und dieser ging mit Vinzenz zusammen noch einmal zu Daylight in den Stall.

„Na, wie sieht es aus?" Aurelia saß auf einem Ballen Stroh in Daylights Box und fühlte sich genauso erschöpft wie die Stute.

Die Stute hatte sich ins Stroh gelegt. Die Beine des Fohlens waren bereits sichtbar. Es folgten noch einige Presswehen und das Köpfchen und der restliche Körper schlüpften durch.

Aurelia nahm einen Wisch Stroh und begann das Fohlen aus der Eihülle zu befreien und es trocken zu reiben. Die erschöpfte Stute drehte sich zu ihrem Fohlen um und begann es abzulecken.

Erst jetzt wurde der jungen Frau bewusst, wie sehr sie mitgelitten hatte. Sie war vollkommen erschöpft. Doch als sie dieses ungewöhnlich gezeichnete Fohlen sah, war sie überwältigt. Es war ein fuchsgeschecktes Stutfohlen. Sehr zierlich und klein, aber mit unendlich langen Beinen.

„So ein hübsches Fohlen." Sie war überglücklich. „Danke Doktor Geyer, danke Vinzenz. Ich muss Tarek suchen. Das muss er sich auch ansehen."

Tierarzt Geyer grinste. „Typisch Frau. Die flippen immer aus, wenn sie ein kleines niedliches Baby sehen. Ich bleib noch hier, bis die Nachgeburt da ist."

Vinzenz nickte. „Ja, das wäre gut. Ich geh dann mal wieder an die Arbeit. Die Stallungen misten sich leider nicht von selbst."

„Geh ruhig Vinzenz. Ich setz mich zu ihr in die Box. Es ist für mich auch immer schön, solch ein kleines Lebewesen begrüßen zu dürfen."

Kurz darauf gesellten sich Aurelia und Tarek wieder zu ihm. Tarek staunte ebenfalls, als er das hübsche Scheckfohlen sah. „Das ist ja ein Hübsches. Wenn das kein gutes Omen ist. Schau, es hat Sturmwinds langen Beine. Wir müssen ganz besonders auf dieses kleine Wesen aufpassen. Ich habe da so ein Gefühl, dass das unser kleiner Star sein wird. Wie nennen wir es denn?"

Aurelia grübelte. „Da die Mama Daylight heißt, könnten wir das Fohlen doch Starlight nennen? Vielleicht wird es tatsächlich unser zukünftiger Star und so gut wie sein Vater."

Tarek und Dr. Geyer nickten unisono. „Ja, das ist ein wahrhaft toller Name für einen zukünftigen Champion, auch wenn es ein Mädchen ist."

Aurelia boxte ihren Mann in die Seite. „Höre ich da eine gewisse

Frauenfeindlichkeit heraus? Du wirst sehen, wir Frauen sind die Zukunft."

Dr. Geyer kugelte sich vor Lachen, er amüsierte sich königlich über das Wortgefecht des Ehepaars.

Kurz darauf kam die Nachgeburt und der Tierarzt verabschiedete sich von Aurelia und Tarek.

Das Ehepaar blieb noch eine Weile an der Boxen Tür stehen, um den ersten Aufstehversuchen der kleinen Stute zuzusehen. Bald stand sie wackelig auf ihren langen Beinen und suchte Mama Daylights Zitzen. Als Starlight die ersten Schlucke ihres Lebens zu sich genommen hatte, verabschiedeten sich Aurelia und Tarek und wendeten sich wieder ihrer täglichen Arbeit zu. Misten, Füttern, Trainieren.

Joaquin fühlte sich selbst wie ein Rennpferd. Morgen würde er das erste Mal in dieser Saison an den Start gehen. Joy und Moonlight waren vor einigen Tagen in ihre Rennbahnboxen umgezogen, hatten sich gut eingewöhnt und schienen fit zu sein.

Willi hielt nachts wache. Er schlief in der Box von Joy. Sie hatte letztes Jahr fast immer gesiegt und es gab einige Neider. Deshalb wollten die Männer nichts riskieren. Letztes Jahr hatte Gerber versucht sie zu vergiften, weil er mit seinen Rennpferden keine Chance gegen Joy gehabt hatte. Doch im letzten Moment konnten sie es damals verhindern. Deshalb diese Vorsichtsmaßnahme.

Nun war der Tag der Tage. Joy würde im ersten Vormittagsrennen starten. Willi striegelte die Stute, bis ihr Fell glänzte.

Joaquin hatte inzwischen sein Gewicht auf knapp sechzig Kilo reduziert. Er schlüpfte in sein Renntrikot mit den Farben des Gestüts Dorner. Olivgrün mit orangenfarbenen Sternen. Bisher hatte es ihm Glück gebracht. Er spuckte in die Hand und sagte zu sich „Toi, toi,toi und Hals und Beinbruch."

Dann machte er sich auf den Weg zur Kutschstation und ließ sich zur Rennbahn fahren.

Willi hatte die Stute bereits aufgezäumt und gesattelt als Joaquin grinsend in die Box trat. Man spürte, dass Joy ebenfalls aufgeregt war. Sie wollte laufen. Auch der Adrenalinspiegel des Jockeys stieg, als er auf Joys Rücken stieg, sie zärtlich tätschelte und mit ihr zum Wiegen ritt.

Es war immer die gleiche Prozedur. Alle Jockeys wurden gewogen. Damit jedes Pferd im Rennen gleich viel Gewicht trug, wurden Gewichte in die Sattelpads gesteckt. Das Maximalgewicht betrug sechzig Kilo.

Viele Jockeys waren magersüchtig, weil sie ihr Gewicht halten mussten. Joaquin hatte eher das Problem, dass es ihm zeitweise schwer fiel wenig zu essen. Er litt an Bulimie. Doch das hatte er bisher niemandem erzählt. Nicht einmal Kati wusste davon. Im Winterhalbjahr hatte er auch nicht wesentlich auf sein Gewicht aufgepasst. Doch nun durfte er auf keinen Fall die Gewichtsgrenze überschreiten. Deshalb erbrach er, wenn er einen Fressanfall gehabt hatte.

Doch heute wollte er nur eines, nämlich siegen. Joy tänzelte unruhig, als sie sich im Vorführring zeigten.

Dann endlich durften sie sich auf den Weg zur Startlinie machen und Aufstellung beziehen. Joy trug heute die Startnummer 1 und lief an der Innenbahn. Kein einfacher Platz. Sie würden sich durcharbeiten müssen. Das Feld selbst umfasste zwölf Pferde. Also elf Konkurrenten.

Nervös tänzelten sie an der Startlinie bis endlich die Flagge das Zeichen zum Start gab.

Das Feld sprintete los.

Joy war zwar gut gestartet, aber eingeklemmt zwischen der Bande und einem braunen Mitstreiter. Doch sie schoss davon, drängte den Hengst beiseite und konnte an ihm vorbeiziehen. Trotzdem hatte sie kostbare Sekunden verloren und lag an fünfter Stelle des Feldes. Doch Joaquin kannte seine rennfreudige Stute. Sie wollte gewinnen. Nach und nach ließ sie die anderen Pferde hinter sich und schob sich zwei Nasenlängen vor einen der Favoriten. So in Führung, schoss sie über die Ziellinie.

Die Menschen auf den Rängen tobten. Joy hatte schon im letzten Jahr viele Menschen begeistert und auch dieses Mal hatte sie ihre Fans nicht enttäuscht.

Auf dem Weg zum Abreitplatz wurden Joaquin und seine Stute bereits von den Reportern umzingelt. Bei der Preisverleihung reckte Joy den Hals und trug den Kopf weit oben, als ob sie sagen wollte, schaut her, ich bin die Beste. Grinsend nahm Joaquin den vergoldeten Pokal und das Preisgeld entgegen, während der Rennbahnbesitzer Joy die Siegermedaille umlegte.

Nach dem ganzen Trubel führte Joaquin die Stute in den Stall zu ihrer Box. Die Glückshormone fluteten immer noch seine Sinne. Er liebte dieses Gefühl des Triumphes, wenn er alle anderen Pferde hinter sich lassen konnte. Joy hatte sich einmal mehr gut geschlagen.

Willi hatte das Rennen natürlich auch gesehen und war genauso begeistert.

„Herzlichen Glückwunsch Joaquin. Da werden sich unsere Chefs freuen, wenn wir wieder einen Erfolg mehr verbuchen können."

Der Jockey nickte. „Bestimmt werden sie begeistert sein und somit werde ich das Risiko eingehen Moonlight einfach zu melden. Das wird mir Georg bestimmt verzeihen.

„Dein Wort in Gottes Gehörgang. Aber ich denke auch, dass er Dir das nicht krummnehmen wird."

Joy stand ruhig in ihrer Box und hatte sich ihrer Extraportion Kraftfutter zugewendet. Die hatte sie sich redlich verdient.

„Kommst Du mit Willi, wir gehen ins Hotel. Den Sieg müssen wir doch feiern und ich habe Hunger. Vorher möchte ich mich aber noch waschen und umziehen."

Sie gingen zum Kutschenplatz und ließen sich in ihr Hotel fahren. Nachdem sich beide Männer frisch gemacht hatten, beschlossen sie in ein neu eröffnetes kleines Restaurant zu gehen. Da es nicht weit zu Fuß war, gingen sie die kurze Strecke bis sie vor einigen kleinen, runden Tischchen standen, die mit rot-weiß karierten Tischdecken eingedeckt waren.

„Sieht doch nett aus, oder was denkst Du Willi?"

„Ja, sollen wir draußen sitzen? Es ist heute angenehm warm."

Joaquin nickte und setzte sich an ein Tischchen, das etwas an der schützenden Hauswand stand. Kurz darauf kam ein adrett gekleideter Kellner und fragte sie nach ihren Wünschen.

Joaquin und Willi bestellten ein kleines Bier und die Vorspeise des Tages.

Sie unterhielten sich angeregt über das gelaufene Rennen und die Mitstreiter, die sich tapfer gehalten hatten, aber gegen Joy keine Chance gehabt hatten.

Der Kellner brachte zwei Teller und ein Platte mit den verschiedensten kleinen Leckereien. Da lagen französische Galette, kleine hauchdünne Teigfladen, gefüllt mit Lachs, Kaviar und Käse. Außerdem Blätterteigtörtchen, gefüllt mit Avocadocreme und Jakobsmuscheln. Dazu kleine Stückchen Quiche con Carne und eine bunte Salatmischung.

„Greif zu Willi. In Frankreich isst man jeden Tag wie ein König."

Willi nahm sich eines der Blätterteigtörtchen. „Na, wenn ich jeden Tag so esse, dann bin ich bald kugelrund und Du auch Joaquin. Du musst auf Dein Gewicht achten."

„Ich weiß. Aber ich habe einige Tage Zeit bis zum nächsten Rennen. Bis dahin habe ich es wieder im Griff." Er langte kräftig zu.

Als nächsten Gang servierte der Kellner eine französische Zwiebelsuppe, die mit viel Käse überbacken war.

Willi konnte es sich nicht verkneifen zu sagen: „Ich bin froh, dass wir getrennt schlafen. Sonst hätte ich die ganze Nacht ein furzendes Ungeheuer neben mir, soviel Zwiebeln wie da drin sind."

Joaquin lachte schallend. Ja, das kann gut sein, dass es heute Nacht in unseren Zimmern nicht so gut riechen wird.

Auf die köstliche Zwiebelsuppe folgte ein Rindergulasch mit Rotweinsauce und Steinpilzen und zu guter Letzt wurden noch Clafoutis mit Äpfeln und Zimt serviert, ein Art leichtes Küchlein aus Äpfeln, Eiern, saurer Sahne und Zimt. Auch dieses Dessert schmeckte köstlich.

Willi klopfte sich auf den Bauch. „War das lecker. So könnte ich jeden Tag essen. Aber wie gesagt, es würde meiner Figur nicht bekommen und ich will doch meiner Sara noch gefallen, wenn ich nach Hause komme. Ehrlich gesagt brauche ich jetzt einen Verdauungsschlaf. Bist Du mir böse, wenn ich lieber ins Hotel möchte?"

„Aber nein Willi, ich komm mit. Es war ein harter Tag und ich bin auch fix und fertig."

Joaquin bat den Kellner, die Rechnung zu bringen, legte das Geld auf den dazugestellten Teller und gab noch ein Trinkgeld. Dann erhoben sich die beiden und machten sich auf den Weg in ihr Hotel.

„Gute Nacht Willi."

„Gute Nacht Joaquin."

Jeder ging auf sein Zimmer und während Willi sich auszog, wusch und in sein Bett schlüpfte, um bald darauf einzuschlafen, ging Joaquin zur Toilette und erbrach sich. Willi hatte recht, er musste unbedingt sein Gewicht halten. Sonst war es bald aus mit der Karriere, die gerade erst richtig begann.

Dann zog auch er sich aus, wusch sich und legte sich zu Bett. Die vielen Gedanken, die in seinem Kopf rotierten, ließen ihn allerdings erst spät einschlafen.

Deshalb kam er auch etwas verspätet zum Frühstück. Willi war schon fast fertig mit seinem Essen. „Na, Du Langschläfer. Schaffst Du es auch endlich zum Frühstück," frotzelte Willi.

„Tut mir leid, ich habe nicht so gut geschlafen. Vielleicht lag es an dem vielen ungewohnten Essen."

„Gut möglich. Aber ich bin sicher, Dein Bauch ist schon wieder leer."

Die Kellnerin hatte den neuen Gast im Frühstücksraum bemerkt und brachte dem Jockey einen Kaffee an den Tisch. Dieser machte sich auf den Weg zum Frühstücksbuffet und lud sich etwas Rührei auf den Teller, dazu einige gebackene Tomaten."

Gemütlich saßen sie beisammen und planten den Tag.

Zunächst wollten sie zur Rennbahn, um nach Joy zu sehen, sie zu putzen und ihr die nötige, tägliche Zuwendung zu geben. Sie ließen sich eine Kutsche kommen und fuhren los.

Während Willi zu Joy ging, machte sich der junge Franzose auf den Weg zum Meldecenter. Er wollte die Moonlight zum Rennen Anfang April anmelden.

Das Meldecenter hatte bereits geöffnet und der junge Mann füllte im Vorraum die ausliegenden Meldeformulare aus und klopfte an der Tür. Er wurde von einer hübschen, jungen, blonden Dame hereingebeten, die ihn bat, sich zu setzen. „Was führt Sie denn zu mir?"

„Ich möchte noch eine Stute nachmelden, und zwar für den 5. April im ersten Rennen am Vormittag. Hier sind die Meldeformulare." Er reichte die Papiere über den Tisch.

Die junge Frau überprüfte die Daten und stempelte sie ab. „Haben Sie die Meldegebühr dabei?"

Joaquin gab ihr die gewünschte Summe und erhielt einen Durchschlag des gestempelten Formulars. „Danke und Au revoir."

Er freute sich richtig auf dieses Rennen. Nun musste er nur noch einige Termine für die Nebenstrecke bekommen, um Moonlight zwischendurch noch etwas trainieren zu können. Auch Joy konnte er nicht die ganzen vier Wochen bis zum nächsten Rennen in ihrer engen Box stehen lassen. Das würde ihrer Ausdauer und ihren Muskeln nicht guttun. Also ging er zur nächsten Tür, um so viele Trainingstermine wie möglich zu bekommen.

Als er auch diese Formalität hinter sich gebracht hatte, ging er zu Willi und Joy. Dieser war dabei die Stute zu striegeln. Er blickte auf. „Und, hat alles funktioniert?"

„Ja, ich kann beide Pferde wenigstens alle drei Tage trainieren. Morgen fang ich gleich an. Warst Du schon bei Moonlight?"

„Nein, ich habe mich bisher nur mit Joy beschäftigt."

„Ok, dann geh ich rüber zu ihr und verwöhn sie ein bisschen." Er nahm den zweiten Putzkoffer und machte sich auf den Weg zu der Stute, die in einer etwas abgelegeneren Box stand.

„Hey meine Schönheit. Ich verwöhn Dich jetzt ein bisschen."

Als ob Moonlight darauf gewartet hätte Besuch zu bekommen, wieherte sie ihm entgegen.

Joaquin öffnete die Boxen Tür, ging hinein und ließ die Stute an sich schnuppern. Zärtlich knabberte sie an seinem Ärmel. Der Jockey öffnete die Putzkiste und begann Moonlight zu striegeln, die es sichtlich genoss. Dies war wichtig, denn er musste ein inniges Verhältnis zu dem Pferd aufbauen. Er war der Meinung, dass dies für den Erfolg bei einem Rennen sehr wichtig war, wenn Pferd und Reiter sich blind vertrauen konnten.

In den nachfolgenden zwei Wochen bis zum nächsten Rennen konzentrierte sich Joaquin auf das Training seiner beiden Pferde, die immer besser wurden, während Willi für die Pflege zuständig war. In ihrer freien Zeit schauten sich die beiden Männer Paris an und war jedes Mal überwältig, wenn sie wieder ein neues kunstvoll erbautes Gebäude entdeckten.

Aber auch die alten Gemäuer hier waren so voller Geschichte und es machte Spaß, das alles zu erkunden.

Moonlight

Heute war der große Tag. Nun würde es sich zeigen, ob Joaquin mit der Einschätzung der Stute richtig lag, oder ob er die Anmeldegebühr in den Sand gesetzt hatte und sein Arbeitgeber auf in sauer sein würde.

Willi hatte das stahlgraue Fell der Stute auf Hochglanz gebracht. Joaquin trug die Farben des Stalles und sah wie immer gut aus, als er mit der Stute zum Wiegen antrat.

Die Waage zeigte achtundfünfzig Kilo. Noch einmal Glück gehabt. Es wurden zwei Kilo in die Sattelpads gepackt, damit alle Pferde gleich viel Gewicht tragen mussten.

Joaquin grübelte, wie konnte er nur sein Gewicht halten. Er war mit seinen eins siebzig eh schon klein für einen Mann. Trotzdem fiel es ihm sehr schwer unter dem Maximalgewicht zu bleiben. Nun musste er sich allerdings auf das Rennen konzentrieren. Moonlight musste

Leistung abliefern, sonst würde er einen Rüffel von Georg kassieren.

Er stieg auf sein Rennpferd und ritt mit den anderen Pferden zum Aufwärmplatz, um dort seine Runden zu drehen, bevor es an die Startlinie ging. Joaquin wusste, dass viele Augen auf ihn gerichtet waren, zumal er eine neue Stute ritt. Alle waren gespannt, ob sie das Zeug hatte zu siegen. Der Druck in dem jungen Mann stieg. Er versuchte seine wirbelnden Gedanken in den Griff zu bekommen, was ihm auch gelang. Dann war es Zeit. Der Start rief.

Der Pulk ritt zur Startlinie und stellte sich auf. Moonlight startete als Außenseiter mit der Nummer dreizehn. Normalerweise war der Jockey abergläubisch und mochte diese Zahl nicht. Doch heute versuchte er sie als gutes Omen zu betrachten.

Das Feld stand. Die ganze Aufmerksamkeit richtete sich nun auf den Befehl zum Start. Und schon glitt die Flagge nach oben. Alle dreizehn Pferde schossen nach vorne. Moonlight hatte einen etwas weiteren Weg zurückzulegen als die anderen, da sie an der Außenbande gestartet war. Aber sie war sehr gut weggekommen und hatte bereits drei Pferde hinter sich gelassen. Noch hatte sie nicht ihr volles Renntempo erreicht.

Der Jockey spürte, wie sich das Tier unter ihm streckte, die Beine griffen weit aus und er hörte nur das Galoppieren der Hufe. Joaquin war in seinem Element. Sein Siegeswille übertrug sich auf Moonlight und diese überholte ein Pferd nach dem anderen. Doch der Favorit machte es ihr schwer an ihm vorbeizukommen. Er war sehr schnell.

Kurz vor der Ziellinie schob sich Moonlights Kopf eine Nasenlänge vor den Kopf ihres Konkurrenten.

Die Leute auf den Tribünen tobten. Alle die auf Moonlight gewettet hatten, auch Willi, freuten sich auf eine hohe Gewinnauszahlung, denn niemand hatte wirklich mit einem Sieg der Stute gerechnet, da sie noch vollkommen unbekannt war und als Außenseiterin galt. Doch nun war sie ein

Star und auf dem Abreitplatz drängten sich die Reporter, um ein Interview mit Joaquin zu erhaschen.

„Joaquin," rief es wild durcheinander. „Diese Stute ist doch schon vier Jahre alt. Wo war sie denn so lange versteckt?"

Da Georg diese Stute auf eine nicht ganz legale Art vom Rennstallbesitzer Gerber gekauft hatte, wollte der Jockey hierüber keine Auskunft geben. Er sagte nur: „Das bleibt ein Geheimnis. Wir sind aber sehr glücklich, dass wir diese Stute erwerben konnten, und werden sie weiterhin auf Sieg trainieren. Ich denke, meine Herrschaften, dass sie noch viel von Moonlight hören werden. Genauso wie von Joy of Life, unserer Favoritin. Auch sie wird bald wieder ein Rennen laufen."

Der Rennbahnvorsitzende wollte nun zur Preisverleihung übergehen und bat die Reporter um Ruhe.

Feierlich steckte er Moonlight eine prächtige goldene Schleife an ihr Zaumzeug. Joaquin übergab er einen Goldpokal und den provisorischen Scheck über das

Preisgeld von fünfzigtausend Franc. Diesen würde er später an der Ausgabestelle einlösen. Doch zunächst bedankte er sich bei der Meute für ihren Applaus und versprach, bald wieder zu reiten.

In seinem Kopf formulierte er bereits den Text des Telegrammes, welches er noch an Georg senden wollte.

Gemächlich führte er die Stute aus dem Ring und zu ihrer Box. Willi hatte die Box neu eingestreut und eine Extraportion Kraftfutter und frisches Wasser bereitgestellt. Nachdem Moonlight abgesattelt war, wandte sie sich genüsslich ihrem Futter zu und begann zu fressen. Sie schien richtig zufrieden mit sich selbst zu sein.

Joaquin streichelte sie noch zum Abschied und besprach sich mit Willi. „Bleibst Du noch hier Willi, oder kommst Du mit? Ich fahr ins Hotel und dusch mich."

„Wenn Du noch fünf Minuten wartest, dann komm ich mit Dir."

Zusammen verließen sie die Rennanlage, um zu ihrem Hotel zu fahren. „Hast Du heute schon etwas geplant? Willst Du Deinen Sieg feiern?"

„Wir könnten in der Bar noch eine Flasche Champagner trinken, wenn Du magst. Dann würde ich gerne versuchen zu Hause anzurufen und Georg und Aurelia die frohe Botschaft überbringen. Das Essen fällt für mich heute aus. Ich habe nur noch einen Puffer von zwei Kilo und den muss ich halten. Sonst ist es vorbei mit den Rennen und unserer Erfolgsgeschichte."

„Ok, dann gehe ich eine Kleinigkeit essen und dann treffen wir uns in der Bar."

Joaquin nickte und der Rotschopf machte sich auf den Weg zum Mittagsbuffet.

Liebe auf den ersten Blick

Im Speisezimmer setzte sich Willi an einen kleinen Tisch, bestellte ein Wasser und machte sich auf den Weg zum Buffet. Er konnte sich kaum satt sehen an den vielen verschiedenen, köstlichen Speisen, die dort bereits standen. Nachdem er sich seinen Teller vollgepackt hatte, ging er an seinen Platz, um die Leckereien zu genießen.

Als er mitten im Essen war, kam eine junge, hübsche Dame an seinen Tisch und fragte ihn, ob denn der Platz bei ihm noch frei sei. Willi blickte auf, überrascht, dass ihn jemand ansprach. Er schaut in die zwei schönsten rehbraunen Augen, die er jemals gesehen hatte und konnte nur stottern. „Ja, der Platz ist noch frei. Nehmen Sie doch Platz Mademoiselle."

Während die junge Dame sich Essen holte, versuchte Willi wieder einen klaren Kopf zu bekommen. Gab es Liebe auf den ersten Blick? So etwas gab es doch nur im Märchen. Eigentlich glaubte er nicht an so etwas.

Nachdem sie sich wieder an den Tisch gesetzt hatte, stellte sie sich vor. „Entschuldigen Sie bitte, ich habe mich ihnen noch gar nicht vorgestellt. Mein Name ist Sophie Wagner. Ich bin Deutsche und wollte mir eine Woche Rennluft gönnen. Pferderennen haben mich schon immer fasziniert.

Willi lachte. „Das trifft sich ja gut. Mein Name ist Willi Sachs. Ich komme ebenfalls aus Deutschland und mein Freund und ich sind mit unseren Pferden hier. Wir sind vom Rennstall von Dorner, falls ihnen das etwas sagt.

„Oh, natürlich sagt mir das etwas. Ihr Jockey hat gerade mit einem neuen Pferd gewonnen.“

„Ja. Das ist mein Freund Joaquin. Ich treffe ihn nachher noch in der Bar. Wir wollen den Sieg feiern. Kommen Sie mit Sophie?“

„Ja, gerne. Aber lassen Sie mich noch meinen Nachtisch genießen. So ein gutes Essen wie hier, bekommt man in Deutschland nicht.“

„Da haben Sie wohl recht. "Still schweigend widmeten sie sich wieder ihrem Essen.

Nachdem Sophie ihren Nachtisch aufgegessen hatte, beendeten sie die Mahlzeit und wechselten in die Bar. Dort saß der junge Franzose bereits am Bartresen, eine Flasche Champagner und zwei Gläser vor sich.

„Hallo Willi, wen bringst Du denn da mit?"

„Darf ich vorstellen, das ist Fräulein Sophie Wagner und dies ist mein bester Freund Joaquin. Er ist der erfolgreiche Jockey."

Sophie gab Joaquin die Hand. „Sehr erfreut sie persönlich kennenzulernen. Ich habe heute Vormittag ihren grandiosen Sieg auf Moonlight mitverfolgt. Das war spektakulär. Sie hat eine ungewöhnliche Fellfarbe. Was ist sie denn für eine Rasse?"

„Laut Papieren ist sie eine englische Vollblutstute. Allerdings war in ihrer Ahnenreihe auch ein Vollblüter aus einer russischen Linie mit dabei. Dieser war wohl auch ein richtiger Gewinnertyp und hat einige Siege errungen. Also beste Voraussetzungen wie man heute sehen konnte."

„Das kann man wohl sagen. Es war sehr spannend. Wann läuft sie denn wieder?" Willi mischte sich in den Wortwechsel ein. Er wollte bei der jungen Dame punkten und es war ihm ein Dorn im Auge, dass die junge Dame den Jockey so anhimmelte. Das gefiel ihm gar nicht.

„Wir haben pro Pferd ein Rennen im Monat geplant. Wir wollen unsere Pferde nicht verheizen. Schließlich sind sie unser bestes Kapital. Da Sie nur eine Woche in Paris sind, werden sie Joy of Life und Moonlight wohl nicht mehr sehen. Doch im September starten wir das erste Mal in Baden-Baden. Allerdings wissen wir noch nicht genau mit welchen Pferden. Das werden wir erst im August entscheiden, wenn wir wieder zu Hause sind. Schließlich haben Herr von Dorner und seine Enkelin Aurelia das letzte Wort bei solchen Entscheidungen. Wir sind nur die Ausführenden."

Sophie war ein bisschen enttäuscht. „Ich habe die deutsche Rennzeitschrift abonniert. Dann werde ich die Rennen im September im Auge behalten."

Joaquin mischte sich wieder ein. „Ja, machen Sie das. Es wird bestimmt spannend werden. Sollen wir nicht alle Du zueinander sagen?"

Sophie und Willi nickten. Willi meinte: „Dann köpf mal die Flasche Champagner."

Joaquin winkte dem Barmixer. „Wir benötigen noch ein weiteres Glas."

Als der Barmixer das Glas vor Sophie hingestellt hatte, öffnete der Jockey die Flasche. Zusammen stießen sie auf den Sieg Moonlights an.

„Hals und Beinbruch für die nächsten Rennen."

Die Zahl dreizehn hatte ihm heute doch tatsächlich Glück gebracht.

Nach der ersten Flasche bestellten sie noch eine zweite Flasche, dann verabschiedete sich Joaquin auf sein Zimmer. Er wollte noch an die Rezeption, um das Telegramm aufzugeben, heimlich etwas zu essen auf sein Zimmer bestellen und dann ins Bett.

Willi und Sophie blieben noch lange in der Bar sitzen und je später der Abend wurde, desto tiefer schauten sie sich in die Augen. Erst spät in der Nacht verabschiedeten sie sich voneinander. Allerdings nicht, ohne sich zum Frühstück verabredet zu haben.

Joaquin war auf sein Zimmer gegangen und malte sich in Gedanken aus, wie Georg und Aurelia wohl auf die unverhoffte Nachricht über Moonlights Sieg reagieren würden. Im Grund wusste er, dass sie sich sehr freuen würden und Georg ihm sein eigenmächtiges Handeln, Moonlight für ein Rennen anzumelden, nicht übelnehmen würde, aber man wusste ja nie.

Er war rechtschaffen müde und legte sich zu Bett. Er vermisste seine Sara und schlief mit sündigen Gedanken an sie ein.

Er freute sich auf den August, wenn er wieder zu ihr nach Hause durfte. Doch bis dahin waren es noch vier Monate.

Als er am nächsten Morgen ins Speisezimmer trat, war er nicht sonderlich überrascht, dort Willi und Sophie am Tisch sitzen zu sehen. Scheinbar hatte sein Freund sich ein bisschen verguckt. Er gönnte es ihm von ganzem Herzen.

„Kann ich heute mit auf das Renngelände und Eure Pferde anschauen?" Sophie war Feuer und Flamme.

Widerwillig nickte Joaquin. Eigentlich wollte er keine fremden Menschen zu den Tieren lassen. Vor allem seit Gerber damals versucht hatte seine Joy zu vergiften. Doch er sah, wie wichtig es Willi war, bei Sophie zu punkten. Deshalb willigte er ein.

„Ausnahmsweise." Er nahm sich einen Teller und ging zum Frühstücksbuffet. Er nahm sich einige der winzigen Häppchen und ging wieder an seinen Platz.

Sophie meinte: „Ist es nicht schwierig, immer auf sein Essen achten zu müssen, um nicht zuzunehmen?"

Der Jockey nickte. „Ja, einfach ist das nicht. Man hat immer Angst zuzunehmen. Und wenn ich keine Rennen reiten muss, habe ich auch gerne fünf bis zehn Kilo mehr auf den Rippen, die ich mir dann wieder herunterhungern muss, wenn die Rennsaison anfängt."

„Das stelle ich mir schlimm vor. Wobei ich auch sehr auf meine Ernährung achte. Schließlich wollen die Herren am liebsten gertenschlanke, grazile Mädchen heiraten."

Willi lachte. „Ich habe Mädchen gerne, die ein bisschen molliger sind. Da kann man sich in den Kurven verlieren."

Sophie schaute ihn empört an. „Gefalle ich Dir denn nicht?"

Der Rotschopf schluckte. „Aber natürlich, und wie."

Sophie lächelte. Ihr war nicht entgangen, dass Willi seine Aussage peinlich war.

Nach dem Frühstück nahmen sie eine Kutsche und ließen sich zum Renngelände fahren. Dort gingen sie zunächst zu Joys Box. Sie fanden eine zufrieden fressende Stute vor.

„Darf ich vorstellen? Das ist Joy of Life, geboren, um zu siegen."

„Sie ist wunderschön. So groß und ihre Samtaugen funkeln richtig. Als ob sie weiß, wie schön und erfolgreich sie ist."

Joaquin nickte. „Ich bin sicher, dass sie das weiß. Du solltest sie einmal vor einem Rennen sehen. Sie fiebert immer schon mit, wenn sie die ihr bekannten Geräusche hört. Wenn alle Pferde gesattelt werden und das Adrenalin steigt. Vielleicht riecht sie es auch. Jedenfalls ist sie dann immer voller Vorfreude und kann es kaum erwarten loszurennen."

Er drehte sich zu Willi um. „Möchtest Du Sophie Moonlight zeigen? Dann übernehme ich heute Joys Putzdienst. Ihr könnt zusammen Moonlight übernehmen."

Der Rotschopf strahlte seinen Freund an.
„Ja gerne." Er schnappte sich seine Putzutensilien und zog Sophie hinter sich her zu Moonlights Box.

Die Stute schien schon auf die tägliche Putz Zeremonie zu warten und als sie Willi kommen sah, wieherte sie ihm entgegen.

„Möchtest Du mit ihn die Box, oder hast Du Angst?"

Sophie überlegte. „Ich schau Dir erst einmal zu und bleib hier vor der Tür stehen. So kann ich sie auch streicheln und sie kann mich kennenlernen."

Willi nahm seinen Striegel aus der kleinen Putzbox und begann Moonlights stahlgraues Fell zu bearbeiten, bis es glänzte. Er kratzte ihre Hufe aus, entwirrte ihren Schweif und die Mähne und nebenher unterhielt er sich mit Sophie.

„Woher kommst Du eigentlich genau Sophie?"

„Geboren wurde ich in Norddeutschland, in der Nähe von Warendorf. Du weißt sicher, dass es dort viele Gestüte und auch

135

eine Hengststation gibt. Mein Vater hat dort gearbeitet. Manchmal nahm er mich mit. Doch eines Tages schlug einer der Hengste aus und traf meinen Vater unglücklich in den Bauch. Er nahm das nicht so ernst. Aber scheinbar hatte er innere Blutungen und starb quasi nachts im Schlaf. Als meine Mutter am Morgen neben ihm aufwachte, war er tot. Das war ein furchtbarer Schock für uns alle. Zum Glück hatte mein Vater meine Mutter nicht mittellos zurückgelassen und da meine Mutter Abstand brauchte, zogen wir an den Bodensee. Du kennst bestimmt Lindau. Dort wohne ich mit meiner Mutter in einer kleinen Wohnung. Sie arbeitet als Näherin für die reicheren Herrschaften und wir haben ein gutes Auskommen. Und einmal im Jahr mache ich Urlaub an einem Ort, wo es Rennen gibt. Das erinnert mich an meinen Vater. Dann bin ich ihm so richtig nah."

Willi war immer nachdenklicher geworden. „Das tut mir leid Sophie. Ich kann das gut nachempfinden. Mein Vater hatte zwar nichts mit Pferden zu tun, aber er ist auch schon gestorben. Er war Lokführer in Ulm. Eines Tages hatte er neben den Geleisen einen Streit mit einem Fahrgast. Dieser war wohl betrunken und stieß meinen Vater aufs Gleis hinunter. Eine andere Lokomotive konnte nicht mehr rechtzeitig bremsen. Ein furchtbares Unglück. Meine Mutter war untröstlich. Sie haben sich sehr geliebt. Sie kränkelte immer mehr und da sie nicht fähig war arbeiten zu gehen, hat uns ihre Schwester zunächst aufgenommen. Jetzt lebt sie allerdings in einem eigenen kleinen Häuschen. Mein Vater hatte ihr etwas Geld hinterlassen. Sie hat aber nie mehr geheiratet und einfach so vor sich hingelebt, in ihrer eigenen Welt. Im Winter gehe ich sie für längere Zeit besuchen.

Zu den Pferden kam ich über einen Bekannten meiner Tante. Er war Landwirt, züchtete aber nebenbei Kaltblüter. Ich half ihm immer bei der Pflege der Tiere und entdeckte bald meine Liebe zu den Pferden. Dann fand ich eine Anstellung in

Baden-Baden in einem Rennstall und irgendwann kam Tarek von Dorner zu uns, um etwas über Rennpferde zu lernen. Damals kaufte er Joy und das war wohl der beste Griff seines Lebens. Vor allem als unser Rennstall pleiteging. Joaquin und ich wechselten dann auch zu den von Dorners und seither sind wir auf Erfolgskurs."

Sophie wirkte nachdenklich. „Tarek von Dorner? Das ist nicht gerade ein deutscher Name."

„Das ist eine lange Geschichte. Tarek ist der Mann von Georg von Dorners Enkelin Aurelia. Sie haben sich auf einer abenteuerlichen Reise kennen und lieben gelernt. Aber Georg ist unser Boss."

„Das hört sich spannend an. Diese Geschichte musst Du mir unbedingt erzählen."

„Vielleicht heute Abend bei einem Glas Wein?"

Sophie nickte. „Gerne."

Am späten Vormittag waren die Pferde versorgt und Willi machte sich mit

Sophie zusammen auf den Weg ins Hotel. Joaquin hatte heute noch einige Trainingsrunden mit Joy und Moonlight zu absolvieren und blieb noch auf dem Renngelände. Sie würden sich frühestens zum Abendessen wieder sehen.

„Sag mal Sophie, sollen wir uns ein kleines, gemütliches Restaurant suchen, um eine Kleinigkeit zu essen? Vielleicht irgendwo am Montmartre."

„Ja gerne. Ich liebe dieses Viertel. Die vielen Künstler dort inspirieren mich zu eigenen Kreationen. Wenn ich Muse habe, dann male ich etwas. In unserer Wohnung zu Hause habe ich mir eine kleine Ecke mit Malutensilien eingerichtet."

„Dann komm. Hier steht schon eine Kutsche. Die nehmen wir gleich."

Willi half Sophie galant in die Kutsche und wies den Mann auf dem Kutschbock an, sie ins Künstlerviertel Montmarte zu fahren.

Als sie ausstiegen, sahen sie ein Lokal am anderen. Willi reichte Sophie seinen Arm und sie schlenderten die Straße entlang, bis sie ein kleines, feines Lokal sahen, das ihnen gefiel. Sie setzten sich an einen Tisch und bestellten das Tagesmenü „Civet de lapin facile".

„Ich weiß zwar nicht, was das ist. Aber bei den Franzosen schmeckt alles gut."

Sophie sprach fließend Französisch. Dabei fragte sie den Kellner um was für ein Gericht es sich handelte.

Dieser meinte, es sein in Rotwein eingelegtes Kaninchen mit getrocknetem Obst.

Sophie übersetzte. Willi verzog das Gesicht. „Das hört sich spannend an. Aber ob das auch schmeckt?"

„Lass Dich überraschen. Ich kenne das Gericht zwar auch nicht, aber ich finde es eine interessante Kombination."

„Na dann, lasse ich mich überraschen."

Es schmeckte ihm dann auch, recht gut sogar.

Sie verbummelten den ganzen Nachmittag im Künstlerviertel, bestaunten die wunderschönen Gemälde der frei arbeitenden Künstler und Sophie erstand eine kleine Brosche, die ihr gut gefiel. Dann machten sie sich wieder auf den Weg zum Hotel.

Als es Zeit fürs Abendessen war, trafen sie Joaquin im Speiseraum und verbrachten noch einen gemeinsamen gemütlichen Abend.

Willi brachte Sophie zu ihrem Zimmer. Sophie schloss ihre Zimmertür auf und wollte hineingehen, doch dann drehte sie sich noch einmal zu Willi um und umarmte ihn. Willi konnte nicht anders. Er küsste sie. Da sie nicht zurückwich, sondern den Kuss sichtlich genoss, wurde er offensiver. „Darf ich zu Dir ins Zimmer kommen?"

Sophie zog ihn mit sich und warf ihn aufs große Doppelbett.

„Ich finde Dich unheimlich süß Willi und da ich übermorgen abreise, sollten wir die letzten Tage noch miteinander genießen. Was hältst Du davon?"

Willi konnte nur nicken, seine Augen wurden immer größer, den Sophie begann lasziv   Kleidungsstück   um

Kleidungsstück abzulegen, bis sie splitterfasernackt vor ihm stand.

Er konnte nicht mehr an sich halten und riss sich seine eigenen Kleider vom Leib. Dann packte er Sophie an den Handgelenken und zog sie zu sich ins Bett.

Sie liebten sich so leidenschaftlich, als ob ein Orkan sie überrollen würde. Doch der Akt war viel zu kurz. Überwältigt von seinen Gefühlen zog Willi Sophie an sich.

„Ich glaube, wir versuchen es noch einmal langsamer," sagte er zwischen zwei Küssen und begann sie zärtlich zu streicheln.

Unter seinen zärtlichen Händen wurde sie zu Wachs. Sie konnte sich fallen lassen und gab sich ihm leidenschaftlich hin.

Er streichelte ihre Wangen, ihren Hals, ihre Brüste. Ein Schauer rann durch ihren Körper und sie wollte mehr. Leidenschaftlich drückte sie ihn an sich und erspürte sein Geschlecht, welches sie sich, unter lautem Seufzen, einführte.

Ihre Bewegungen wurden heftiger und auch er stieß hart und leidenschaftlich zu.

Kurz darauf ergoss er sich in sie und ließ sich erschöpft auf sie sinken. Dann rutschte er von ihr herunter, drehte sich zu ihr um und nahm sie fest in seine Arme.

„Das war sehr schön Sophie. Danke dafür."

Die junge Frau lächelte und schaut ihn mit ihren hellen, rehbraunen Augen intensiv an. „Wir können es wiederholen, solange ich noch da bin. Übermorgen am frühen Nachmittag reise ich zurück nach Deutschland."

„Darf ich Dich morgen Nacht noch einmal besuchen?"

Sophie nickte. „Ich freu mich auf Dich."

Am nächsten Tag nahmen sie gemeinsam mit Joaquin das Frühstück ein, dann brachen der Jockey und Willi zur Rennbahn auf. Sophie wollte noch einige Geschenke in der Stadt kaufen, für ihre Freundinnen. Willi zwinkerte ihr zu. „Bis heute Nacht meine Schöne." Sie lächelte verschmitzt. Joaquin war nicht entgangen, dass sich hier etwas angebahnt hatte und grinste vor sich hin.

„Was grinst Du denn so mein Freund?"

„Na, wie war denn die Kleine so?"

„Ein Kenner genießt und schweigt."

Jetzt grinste Willi.

Sie machten sich auf den Weg zum Renngelände, um ihr Tagwerk zu erledigen, denn es gab viel zu tun.

Nach dem, wiederum gemeinsam eingenommenem Abendessen, schlich sich Willi zu seiner Geliebten und genoss die Nacht mit ihr. Er schlief in ihren Armen ein und als er erwachte, huschte er in sein Zimmer, um sich umzuziehen. Dann trafen sie sich noch ein letztes Mal zum gemeinsamen Frühstück.

„Darf ich dich zum Bahnhof bringen Sophie?"

Sophie schüttelte den Kopf. „Ich denke, es ist besser, wenn wir uns hier verabschieden. Ich hasse Abschiede."

Willis Stimmung war bedrückt, denn er hatte sich in diese Frau verliebt. „Schade. Kann ich Dich dann wenigstens in Deutschland wiedersehen?

„Du weißt, wo ich wohne. Besuch mich einfach. Wir wohnen auf der Lindauer Halbinsel in einem alten Haus. Frag einfach dort nach einer älteren Dame die Näharbeiten erledigt. Dann wirst Du mich schon finden. Ich freu mich darauf."

Sie erhob sich, küsste ihn auf die Wange und ging nach oben auf ihr Zimmer, um ihre Sachen zu packen. Auch ihr war es schwer ums Herz, denn sie fand den Rotschopf wirklich entzückend. Vielleicht besuchte er sie tatsächlich in ihrem Heimatort. Dann würde man weitersehen. Bis dahin würde sie versuchen, sich nicht zu viele Hoffnungen zu machen.

Als es Zeit zur Abreise war, ließ sie ihr Gepäck in eine der wartenden Kutschen bringen und fuhr zum Bahnhof. Bald würde sie wieder am Bodensee sein, bei ihrer Mutter und der Alltag würde sie wieder haben.

In den darauffolgenden Tagen war Willi bedrückt und immer leicht abwesend. Er dachte oft an Sophie und er vermisste sie. Eigentlich hatte er ein Auge auf Sara geworfen, doch welche der jungen Frauen gefiel ihm denn jetzt besser? Sara hatte er bisher nur von Weitem angehimmelt und nie mit ihr geschlafen. Er wollte nichts überstürzen und irgendwann wurde seine Stimmung wieder besser und er stürzte sich in die Arbeit. Man würde sehen. Jetzt waren erst einmal die kommenden Rennen wichtig und dass sie siegten.

Ein Geheimnis

Während die beiden jungen Männer in Paris ihr Bestes gaben, ging auf dem Dornerhof das Leben ebenfalls weiter.

Inzwischen waren alle Fohlen geboren und eines hübscher als das andere. Aurelia und Tarek versprachen sich viel von ihrem Nachwuchs.

Georg wurde immer gebrechlicher. Als er durch das Telegramm aus Paris von dem eigenmächtigen Handeln Joaquins in Bezug auf die Rennmeldung für Moonlight erfuhr, war er nicht wirklich verärgert. Vielleicht ein ganz kleines bisschen. Doch der Sieg der Stute, gab dem Jockey recht und so war Georg zufrieden damit und würde ihn auch nicht ermahnen. Eigentlich war er sogar froh, dass Joaquin solch ein gutes Händchen und Einschätzungsvermögen für die Pferde hatte. Er hätte sich keinen besseren Jockey wünschen können.

In den letzten Tagen hatte er sich nicht richtig wohl gefühlt. Vielleicht sollte er doch einmal zu Doktor Hoffmann nach

Überlingen fahren. Das war sein Leibarzt. Er beschloss, sich dies für den nächsten Tag vorzunehmen. Seinen Kindern, wie er Aurelia und Tarek nannte, würde er davon nichts erzählen, sondern es einfach als Ausflug tarnen, weil das Wetter so schön war.

Gesagt, getan. Am nächsten Vormittag ließ er den alten Vinzenz eine Kutsche anspannen und machte sich auf den Weg zum Arzt.

Die Strecke von Birnau nach Überlingen führte auf einer Höhenstraße oberhalb des Bodensees entlang. Von dort oben hatte er einen wunderschönen Blick auf den See. Er war so überwältigt von dem Anblick, dass er anhalten ließ und ausstieg um das Bild, das sich ihm bot, in sich aufsaugte.

Der See war riesig. Das Wasser kräuselte sich in kleinen Wellen, die sich am Ufer brachen, denn es war nicht ganz windstill. Die Sonnenstrahlen spiegelten sich darauf und die Wasseroberfläche glitzerte fast wie ein Spiegel. Kleine Fischerboote dümpelten über den See. Ebenfalls unterhalb lag die Meersburg, die hier schon seit vielen Jahrhunderten stand, einst vermutlich erbaut von Dagobert dem Guten, der die Alemannen am Bodensee zum Christentum bekehrte.

Georg seufzte und machte sich daran wieder in die Kutsche zu steigen. Wer weiß, wie lange ich diesen Anblick noch genießen kann, dachte er bei sich. Dann ließ er Vinzenz weiterfahren.

Bald hatten sie das kleine Städtchen Überlingen erreicht und fuhren die gepflasterte Straße entlang, die in die Stadt führte. Kleine Geschäfte säumten die schmale Straße. In Überlingen residierten die Schönen und Reichen. Doch für die Geschäfte hatte Georg momentan keine Muse.

Er ließ vor einem kleinen Haus, nahe der Uferpromenade anhalten. Die hölzernen Fensterläden waren in einem dunklen rot gestrichen und in den üppig blühenden Blumenkästen, die auf dem Fenstersims standen, wuchsen rote und weiße

Geranien. Georg klopfte an der weiß gestrichenen Haustür. Bald darauf öffnete sie sich und eine ältere Dame fragte, was er denn wolle.

„Ich würde gerne in die Sprechstunde zu Doktor Hoffmann. Seit geraumer Zeit fühle ich mich nicht wohl."

„Kommen sie herein werter Herr. Es kann allerdings ein halbes Stündchen dauern. Wir haben gerade einen kleinen Notfall zu verarzten."

Die Dame rief nach einem Hausknecht, der die Kutschpferde in den Hof führte und ihnen einen Eimer Wasser hinstellte. Sie bat Georg sich in den Flur auf einen der weißen Holzstühle zu setzen. Dann verschwand sie im Behandlungszimmer und er hörte zunächst nur ein paar Stimmen hinter der Tür.

Nach einer Weile öffnete sich die Tür wieder und ein kleiner Junge, mit einem dicken Verband an seinem Bein, kam heraus. Eine jüngere Frau folgte ihm, vermutlich seine Mutter.

Dann stand plötzlich ein älterer, hagerer Mann mit weißgrauen Haaren und einer Nickelbrille vor ihm.

„Guten Tag, Herr von Dorner. Kommen Sie doch bitte herein."

Georg trat durch die Tür und der Doktor bat ihn, sich auf die bereitstehende Liege zu setzen. „Was kann ich denn für Sie tun Herr von Dorner?"

„Ach, Doktor Hoffmann. Ich fühle mich seit geraumer Zeit abgeschlagen und müde. Nichts schmeckt mir mehr, meine alten Knochen tun weh und ich habe Schmerzen auf der rechten Bauchseite. Würden Sie mich bitte untersuchen? Vielleicht gibt es eine Medizin dagegen."

„Dann legen sie sich doch einmal hin. Ich möchte Sie abtasten."

Georg legte sich auf die Liege und der Doktor schob sein Hemd hoch. Sanft tastete er den Bauch ab und als Georg Schmerzäußerungen von sich brummelte er nur ein „Hmm". Dann schaute er dem alten Mann ernst in die Augen und seufzte.

„Und Doktor? Was könnte es sein."

„Trinken Sie Herr von Dorner?"

Georg schaute ihn etwas pikiert an. „Nur abends ein oder zwei Gläschen Cognac in meinem Herrenzimmer. Dazu rauche ich eine Zigarre. Diesen Luxus gönne ich mir abends nach dem Essen, um den Tag ausklingen zu lassen."

„Nichts dagegen einzuwenden, Herr von Dorner. Doch die Schmerzen deuten auf ein Leiden der Bauchspeicheldrüse und der Leber hin. Die gelben Schleimhäute sagen dasselbe. Sie müssten strikt auf Alkohol- und Tabakkonsum verzichten. Dazu eine fettarme Schonkost. Dann können Sie das Leiden verbessern. Ansonsten könnte es sich krebsartig entwickeln und wie Sie wissen, haben wir dafür kein Heilmittel."

„Das sind keine guten Neuigkeiten Herr Doktor. Aber ich habe schon so etwas befürchtet."

„Wenn die Leber nicht mehr richtig entgiften kann, dann fühlt man sich auch oft sehr müde."

Georg nickte verstehend. „Gut, dann werde ich versuchen mich daran zu halten."

Er zog sein Hemd wieder zurecht, dankte dem Arzt und beglich die Rechnung. Dann ließ er Vinzenz Bescheid geben, dass sie wieder abfahren konnten.

Nachdem er sich wieder in die Kutsche gesetzt hatte und sein alter Kutscher losgefahren war, begann er zu grübeln. Ob er es schaffen würde, auf all die feinen Dinge des Lebens zu verzichten. So wie er sich kannte, eher nicht. Aber dann würde er eben einige Monate früher sterben. Sein Nachlass war schon lange geregelt. Im Grunde gehörte das Gestüt bereits Aurelia und er war sich sicher, dass sie alles dafür tat, es zu erhalten. Warum also auf gutes Essen und Trinken verzichten? Er beschloss niemandem etwas zu erzählen.

Zu Hause angekommen musste er sich erst noch ein bisschen sammeln und ging deshalb zu den Stuten mit ihren Fohlen. Der Anblick beruhigte ihn etwas. Er war sehr zufrieden mit dem Nachwuchs. Sein Geschäft mit Gerber hatte sich wahrlich gelohnt. Im Grunde hatte er jetzt seinen Gewinn verdoppelt. Zufrieden ging er ins Haus hinauf. Es war Zeit fürs Mittagessen und er wollte es sich schmecken lassen, trotz der schlechten Nachrichten.

Als er ins Speisezimmer trat, saßen bereits alle am Tisch und warteten auf ihn. „Wo warst Du denn so lange, fragte Aurelia."

„Ach ich wollte nach ein paar Zeitungen schauen. Aber ich habe nicht gefunden, nach was ich gesucht habe." Dann setzte er sich an den Tisch und langte zu. Er wollte auf keinen Fall seine letzten Monate oder Jahre auf diese Leckereien verzichten. Es schmeckte einfach zu gut.

Die kleine Ellis war bereits fast sieben Monate alt und durfte schon ein bisschen Gemüse und Kartoffelbrei essen. Mit ihren kleinen Händchen griff sie immerzu ins Essen und Aurelia hatte ihre liebe Mühe halbwegs sauber zu bleiben. Tarek amüsierte sich köstlich über seine lebhafte Tochter.

Kati war inzwischen hochschwanger und konnte die Rückkehr ihres Mannes kaum erwarten. Es war Juli und die Rennsaison würde bald vorüber sein. Joaquin und Willi wollten Ende Juli wieder zu Hause sein. Sie freute sich sehr darauf. Oft hatte sie nicht von ihm gehört. Aber wenn er telegrafiert hatte, dann war ihm die Freude über seinen Erfolg immer anzumerken. Sie war gespannt, was er alles zu erzählen hatte.

Aurelia vertrat den Jockey zu Hause und hatte ganz langsam wieder angefangen mit Sturmwind zu trainieren. Er hatte bei der täglichen Arbeit sein Bein wieder voll belastet. Sie machte zwar viel Bodenarbeit mit ihm, aber sie hatte bemerkt, dass Sturmwind sich langweilte. Er war ein junger Hengst und voller Energie. Er wollte einfach rennen. Deshalb ließ sie ihn zunächst auf kurze Distanzen auf der hauseigenen Bahn laufen und er erzielte, fast wie früher, spektakuläre

Zeitergebnisse. Jedenfalls machte es ihm sichtlich Spaß und Aurelia auch. Tarek schaute zu und er war glücklich, wenn Aurelia glücklich war. Die Beiden liebten sich wie am ersten Tag, vielleicht auch noch mehr, wenn das überhaupt möglich war.

An einem schönen Julitag kam ein berittener Bote die Allee heran zum Haus geritten und klopfte. Er überbrachte die Nachricht, dass Joaquin, Willi und die Pferde auf dem Nachhauseweg seien und in Kürze eintreffen würden.

Kati stieß einen Freudenschrei aus, als Aurelia es ihr erzählte. „Endlich kommt mein Schatz nach Hause. Ich muss aufräumen und putzen."

Aurelia lachte. „Lass Sara das machen. Du kannst Dich doch gar nicht mehr bücken."

Kati schaute an sich hinunter und meinte nur: „Du hast wohl recht. Ich hatte ganz vergessen, dass ich eine Kugel bin."

Beide Frauen lachten schallend.

Am späten Nachmittag des übernächsten Tages hörte man Pferdegetrappel herankommen.

Aurelia, Kati und Sara, stürmten zur Haustür und sahen die Männer, wie sie gerade am Stall von den Pferderücken stiegen. Alle drei Frauen eilten hinunter. Kati watschelte eher mit ihrem dicken Bauch. Sie hoffte inständig, dass ihr Mann sie trotzdem noch liebte, auch wenn sie inzwischen kugelrund war.

Dieser schloss sie sofort in seine Arme und küsste sie wie ein Ertrinkender, der nach Luft schnappte. Kati war glücklich. Genauso hatte sie sich seine Heimkunft vorgestellt. Er hatte sie wohl sichtlich vermisst.

„Herzlich Willkommen zu Hause." Aurelia begrüßte die Männer und drückte sie ebenfalls. Sara war zurückhaltend und begrüßte die Männer per Handschlag. Inzwischen hatte auch Georg mitbekommen, dass Joaquin und Willi wieder da waren und eilte ebenfalls zu den Stallungen.

„Hey, ich freue mich auch riesig, dass ihr wieder da seid."

Tarek nahm die beiden Pferde an den Zügeln und führte sie zu ihren Boxen, um sie zu versorgen. Er würde seinen besten Freund nachher drücken, wenn der Andrang vorbei war.

Als er wieder nach draußen kam, waren die anderen bereits auf dem Weg ins Haus und er schloss sich ihnen an.

Man setzte sich ins Speisezimmer, wo Maria bereits Kaffee, Tee und Gebäck hergerichtet hatte.

Aurelia fragte. „Seid ihr zu müde, oder mögt ihr uns einen ersten Bericht geben?"

Willi grinste. „Die Rückreise war schon etwas anstrengend, aber wir können es kaum erwarten zu erzählen. Stimmts mein Freund?"

Joaquin nickte.

„Stimmt."

Sie setzten sich gemütlich an den Tisch und Maria schenkte die Tassen ein.

„Also. Joy hat von fünf Rennen, vier gewonnen. Was abzusehen war. Das eine

Rennen das sie nicht gewonnen hat, schloss sie mit dem zweiten Platz ab. Sie ist einfach eine Siegerin. Jedes Mal spürt man, wie sehr sie sich freut zu rennen."

Georg wollte wissen, was Joaquin dazu veranlasst hatte, Moonlight zu melden.

„Ich hoffe, dass Du mir nicht böse bist Georg. Ich hatte viel Zeit zwischen den Rennen und da bin ich auf die Idee gekommen, die Trainingsstrecke zu mieten und hab Moonlight laufen lassen. Sie hatte eine fantastische Zeit und deshalb habe ich sie zu einem Rennen angemeldet, das sie auch auf Anhieb gewann. Also haben wir weiter gemacht und Sie hatte bei fünf Rennen immerhin zwei Siege, einen zweiten Platz und zwei dritte Plätze. Für doch als alt geltende Stute, eine super Leistung."

Georg und Aurelia nickten fast gleichzeitig.

Während die anderen fachsimpelten, schaute Willi verstohlen zu Sara hinüber. Diese erwiderte seinen Blick. Eigentlich fand er Sara sehr süß. Wie sie wohl im

Bett war? Ob sie auch so leidenschaftlich war wie Sophie, oder eher sanft und zärtlich? Er beschloss aufs Ganze zu gehen, denn er wusste, dass er erst danach eine Entscheidung würde treffen können.

Als die Runde sich später auflöste, half er Sara, die Gedecke in die Küche zu tragen und abzuspülen. Maria hatte sich etwas hingelegt und Kati war mit ihrem Mann beschäftigt. Sie waren allein in der Küche.

„Ich habe Dich vermisst Sara. Du mich auch ein bisschen?"

Die junge Frau lächelte schüchtern. „Ja Willi, das habe ich."

Willi zog sie in seine Arme und küsste sie. Sara zuckte kurz zurück, doch dann gefiel es ihr und sie erwiderte seinen Kuss. Sie hatte weiche, zarte Lippen und fühlte sich gut an, wenn er sie so an sich drückte. Seine Lenden füllten sich mit Blut und er musste sich wahrlich beherrschen. Sara war zwar schlank, hatte aber die Kurven an den richtigen Stellen.

Sara räusperte sich und drückte ihn etwas von sich. „Das sollten wir nicht tun Willi. Ich bin noch Jungfrau und möchte mich nur jemandem schenken, der es auch wirklich ernst mit mir meint."

Auch Willi kam dadurch wieder zu Sinnen und nickte nur. „Du hast recht liebste Sara. Ich sollte mich beherrschen. Aber ich mag Dich sehr und es fällt mir schwer. Das solltest Du wissen."

Dann drehte er sich um und ließ eine verwirrte junge Frau in der Küche zurück. Sie wusste nicht, wie sie diesen Gefühlsausbruch einschätzten sollte. Doch sie beschloss, einfach abzuwarten. Wenn er sie wollte, dann musste er sich schon mehr Mühe geben. Sie wandte sich wieder ihrer Arbeit zu.

Baby Jacqueline

Katis Baby ließ auf sich warten. Der Geburtstermin war bereits einige Tage überschritten und Kati fühlte sich immer unwohler. Beim Frühstück durchzuckte sie plötzlich ein ziehender Schmerz. Überrascht schaut sie Aurelia an. „Ich glaube es geht los. Oder wie war das bei Dir?"

Aurelia sagte: „Es beginnt, indem es im Rücken zieht. Es fühlt sich an, als ob Wellen Deinen Rücken hinunterlaufen und die Abstände werden immer kürzer. Ich lass die Hebamme rufen. Moment, ich bin gleich wieder da."

Sie rannte hinunter zu den Stallungen und suchte nach Vinzenz. Als sie ihn gefunden hatte, bat sie ihn, Sabrina, die Hebamme zu holen, die auch Aurelia schon bei zwei Geburten beigestanden hatte. Vinzenz machte sich sofort auf den Weg. Aurelia rannte wieder ins Haus. Kati saß, immer noch gemütlich frühstückend am Tisch. Hin und wieder hielt sie sich die Seite. Sie sah vollkommen entspannt aus, während Joaquin nervös auf seinem Stuhl herumrutschte.

„Hast Du keine Angst?" Aurelia war verblüfft. „Ich bin fast gestorben, weil ich nicht wusste, was auf mich zukommt.

„Es wird schon gut gehen. Bei uns in der Familie gab es nie Komplikationen. Jedenfalls soweit ich das weiß."

Tarek bemerkte Joaquins Nervosität und lachte. „Du wirst es bald überstanden haben, Du großer Jockey."

Kurz darauf tauchte bereits Sabrina auf mit ihrem Hebammenköfferchen.

„Hallo zusammen. Hier bin ich mal wieder. Wer will denn heute auf die Welt kommen?"

Kati rief: „Heute bin ich dran."

Sabrina lachte. „Na, da haben wir ja eine ganz entspannt wirkende zukünftige Mama. Gehen wir nach oben? Ich würde Dich gerne untersuchen, wie weit Du schon bist."

Kati erhob sich. Aurelia fragte, ob sie mitgehen solle, aber Kati wollte erst einmal allein sein. „Ich schaff das schon mit Sabrina zusammen."

Joaquin meinte, er müsse raus an die frische Luft. „Untätig herumzusitzen, macht mich fertig," meinte er. Und schon war er zur Tür hinaus. Tarek und Willi folgten ihm. Tarek drehte noch einmal kurz um, ging in die Küche und holte eine Flasche Cognac und drei Wassergläser. Dann ging er wieder hinaus und suchte seine Freunde.

Die Beiden saßen auf dem grünen Bänkchen vor dem Haus und waren hocherfreut, als sie Tarek mit Hochprozentigem ankommen sahen. Das haben wir uns redlich verdient. Tarek grinste und schenkte reichlich Cognac ein. Dann reichte er jedem ein halbvolles Glas. „Auf den neuen Familienzuwachs. Wir können doch ruhig schon ein bisschen im Voraus feiern, finde ich jedenfalls." Sie hoben die Gläser und prosteten sich zu.

Währenddessen lag Kati auf ihrem Bett und Sabrina tastete ihren Bauch ab. „Sieht alles gut aus. Vielleicht solltest Du noch etwas spazieren gehen. Das regt die Wehentätigkeit an. Beim ersten Kind dauert es meistens etwas länger."

„Also gut, dann geh ich noch zum Wäldchen hoch und komme in einer halben Stunde wieder."

Kati zog sich bequeme Halbschuhe an und machte sich auf den Weg.

Draußen sah sie die Herren der Schöpfung auf der grünen Bank sitzen und feiern.

„Ihr seid aber früh dran. Noch ist kein Baby in Sicht."

Da die Herren schon sichtlich angeheitert waren, ersparte sie sich weitere Kommentare und marschierte den Hügel hinauf. Sie war richtig wütend auf die Männer. Die feierten und ihr standen Schmerzen bevor. So eine Ungerechtigkeit. Vor lauter Wut hatte sie gar nicht bemerkt, dass sie bereits oben am Hügelkamm angekommen war. Doch nun musste sie erst einmal verschnaufen. Sie setzte sich ins Gras und ließ ihren Blick über das Tal und die darunterliegenden Gebäude schweifen. Welche himmlische Ruhe hier oben war. Doch die Idylle hielt nicht lange an, denn die Wehen kamen jetzt in fünfminütigen Abständen. Sie beschloss, sich wieder auf den Weg in ihr Bett zu machen.

Dort angekommen fragte Sabrina, die so lange gemütlich eine Tasse Tee im Speisezimmer getrunken hatte, gleich nach dem Abstand der Wehen und schickte Kati hinauf in ihr Zimmer. Sie selbst bestellte in der Küche Handtücher und heißes Wasser, dann ging sie zu Kati.

Bei der weiteren Untersuchung stellte sie fest, dass der Muttermund tatsächlich schon fast gänzlich geöffnet war. Es konnte nun nicht mehr lange dauern.

„Möchtest Du, dass Dein Mann dabei ist, Kati?"

„Nein, wirklich nicht. Dieser Schnösel betrinkt sich gerade mit seinen Kumpels, während ich die ganze Arbeit allein machen muss. Wofür braucht man eigentlich Männer. Die haben das Vergnügen, und wir die Arbeit und die Schmerzen."

Sabrina lächelte. Solche Worte hatte sie schon oft gehört. Aber im Grund hatte Kati recht. Diese Wut würde ihr jetzt aber bei den einsetzenden Presswehen helfen.

„Pressen Kati. Ich kann das Köpfchen schon sehen."

Sabrina spornte Kati an und bald hielt sie ein entzückendes, kleines Mädchen in ihren Armen. Sie nabelte es ab und legte es der Mutter auf den Bauch.

„Schau mal Kati. Sie hat schon einen richtig dunklen Haarschopf."

Kati war erschöpft, aber auch überglücklich. Sie hatte sich ein Mädchen gewünscht und nun war ihr Wunsch in Erfüllung gegangen.

Es klopfte an der Tür und Sabrina rief: „Herein."

Drei betrunkene Männer standen vor der Tür. Tarek schubste Joaquin ins Zimmer. Dieser trat ans Bett zu seiner Frau, schaute hinunter auf seine beiden liebsten Frauen und meinte. „Danke Schatz. Ihr zwei seid das Schönste, was ich je gesehen habe. Tut mir leid, dass ich fast nicht mehr fähig bin aufrecht zu stehen. Aber das war zu viel für mich. Ich muss mich hinlegen."

Er setzte sich auf die freie Seite neben seiner Frau und dem Baby, legte sich hin und war innerhalb von Sekunden eingeschlafen.

Kati sagte ironisch zu ihrer Tochter. „Darf ich vorstellen meine Kleine, das ist Dein Vater."

Diesen Satz sagte sie so trocken, dass alle Anwesenden schallend lachen mussten.

Aurelia, die ihr Töchterchen Elisabeth auf dem Arm hatte, Sara, Maria und Georg, traten nacheinander ans Bett, um die neue Erdenbürgerin zu betrachten und Kati zu beglückwünschen. „So ein süßes Kind. Schau mal Georg, wieviel Haare sie schon hat."

Dieser schmunzelte. „Das ist vermutlich das südfranzösische Erbe ihres Vaters. Habt ihr schon einen Namen für sie ausgesucht?"

Kati nickte. „Wir werden sie Jacqueline nennen. So hieß die Großmutter von Joaquin."

„So ein schöner Name. Doch vermutlich werden sie dann alle nur Jackie nennen. So wie aus Elisabeth nun Ellis geworden ist."

Kati war inzwischen doch recht müde und bat die Anwesenden ihr etwas Ruhe zu gönnen.

Aurelia nickte und scheuchte die ganze Mannschaft aus dem Zimmer.

Joaquin schnarchte inzwischen selig.

Sabrina zeigte der jungen Mutter noch wie sie das Baby an die Brust zu legen hatte und verabschiedete sich dann auch.

"Wenn Du mich brauchst, dann genier dich nicht, nach mir rufen zu lassen."

„Danke Sabrina. Jetzt möchte ich nur noch schlafen."

Leise verließ die Hebamme das Zimmer, um der jungen Familie ihre Ruhe zu gönnen.

Währenddessen feierten die anderen im Esszimmer mit einer Flasche edlem Champagner.

Aurelia hatte die kleine Ellis gerade zum Schlafen niedergelegt und trank ein Gläschen mit. Noch stillte sie und achtete strikt auf ihre Ernährung. Doch dies war wahrlich ein Grund zur Freude. Ellis hatte nun eine Gefährtin, mit der sie spielen konnte.

Ihr war nicht verborgen geblieben, wie Sara den rothaarigen Willi anhimmelte. Ob sich hier die nächste Liebesgeschichte anbahnte? Sie war gespannt.

Am nächsten Morgen war auch Joaquin wieder ansprechbar. Er hatte sich bei seiner Frau für sein Verhalten entschuldigt. Es war ihm peinlich, dass er vor ihr so abgestürzt war. Doch die Geburt und das Wissen, dass seine Kati Schmerzen erleiden musste, hatte ihn schlicht und einfach überfordert. Umso mehr himmelte er seine kleine Tochter an. Welch kleinen Schatz er da doch bekommen hatte. Sie würde bestimmt eine richtige Schönheit werden, davon war er absolut überzeugt.

Kati hatte ihm längst verziehen. Sie wollte diesen Tag noch im Bett bleiben und sich weiter ausruhen.

Joaquin konnte sich diesen Luxus nicht gönnen und so ging er, etwas verkatert, hinunter um zu frühstücken, um sich danach an die tägliche Arbeit zu machen. Die gute Maria hatte vorsorglich saure Gurken und Heringe auf den Tisch gestellt, denn die beiden anderen Männer waren auch noch etwas verkatert. Doch als sie sich gestärkt hatten, waren alle fit genug, um an ihre Arbeit zu gehen.

Georg sagte eh immer: „Wer saufen kann, kann auch arbeiten."

Jacqueline war am neunten August zur Welt gekommen. So schön und ergreifend dieses Ereignis auch gewesen war, so liefen die Vorbereitungen für das letzte Rennen dieses Jahr, in Baden-Baden, auf Hochtouren.

Tägliches Training war angesagt. Aurelia trainierte Sturmwind. Sie hatte es ihrem

Großvater noch nicht gesagt, aber sie wollte unbedingt im großen Rennen mit Sturmwind starten, wenn auch auf eine kurze Distanz.

Am Abend, beim Abendessen ließ sie die Bombe platzen.

„Großvater," begann sie vorsichtig. „Sturmwind ist wieder vollkommen hergestellt. Ich habe jeden Tag mit ihm trainiert und die Strecke gesteigert. Sein Bein zeigt keinerlei Schwäche mehr. Ich würde gerne in Baden-Baden mit ihm antreten auf eine Distanz von eintausendzweihundert Meter. Darf ich ihn und mich anmelden?"

Georg schaute skeptisch. „Dir ist aber schon klar, dass sich sein Bein nach solch einer extremen Belastung wieder verschlimmern kann?"

Ja, Großvater, das ist mir absolut klar. Aber er liebt das Rennen. Dieses Pferd nicht rennen zu lassen wäre für seine Seele nicht gut. Er braucht das." Und ich auch, wollte sie noch hinzufügen, verkniff es sich aber.

„Also gut," sagte Georg. Dann melde ihn an.

Aurelia jubelte. „Juhu. Ich freu mich so."

„Noch etwas anderes. Soll nur Joy laufen, oder melden wir Moonlight auch noch an."

Georg fragte Joaquin, ob er es sich zutrauen würde, an einem Tag zwei Rennen zu bestreiten. Dieser sagte sofort zu, denn er liebte Herausforderungen. „Ja, das traue ich mir absolut zu. Ich benötige nur etwa zwei Stunden Zeit zwischen den Rennen."

„Gut, dann ist das auch geklärt. Wenn wir in Baden-Baden ebenfalls so gute Rennergebnisse erzielen, dann haben wir es geschafft. Das reiche Klientel wird uns die Türen einrennen und bei uns kaufen wollen. Dann haben wir ausgesorgt."

Baden-Baden

Der August verging in großen Schritten und es wurde September.

Joaquin verabschiedete sich von seiner Tochter und seiner Frau, die ihm Hals- und Beinbruch für den großen Tag wünschte.

Die Pferde waren zur Bahnstation gebracht und verladen worden. Aurelia, Tarek, Joaquin und Willi hatten im bequemeren Wagon Platz genommen. Als der Zug sich in Bewegung setzte, waren alle voller Vorfreude auf das Kommende. Aurelia konnte kaum stillsitzen. „Ich bin so gespannt auf diese Rennbahn."

Joaquin war die Ruhe in Person. „Du wirst sie bald sehen." Gedanklich war er zu Hause bei seinen beiden Frauen und schöpfte seine Kraft daraus, dass er sich die beiden im Bett liegend vorstellte. Es war so ein friedliches Bild, wenn Kati die Kleine stillte. Er beteiligte sich deshalb kaum an den Gesprächen auf der dreistündigen Fahrt.

Am späten Nachmittag hatten sie ihr Ziel erreicht und begannen die Pferde auszuladen. Ein Schaffner war so freundlich, das Gepäck mit einer Kutsche voraus ins Hotel zu schicken.

Georg hatte ein Hotel mit Mietstall, direkt am Ortsrand von Iffezheim gebucht, so dass sie die Pferde zunächst dort unterbringen konnten, bevor ihnen ihre Zimmer zugewiesen wurden. Sie verabredeten, sich zum Abendessen im Speisesaal wieder zu treffen.

Aurelia und Tarek wollten sich noch etwas hinlegen und ausruhen. Doch fast immer, wenn die beiden zusammen im Bett lagen, konnten sie die Finger nicht voneinander lassen. Die körperliche Anziehung war immer noch genau so stark wie am ersten Tag, genauso wie ihre tiefe Liebe zueinander. Sie liebten sich zärtlich, bevor sie weg dösten. Als es an ihrer Zimmertür klopfte, waren sie sofort wieder hellwach und zogen sich an.

„Wir kommen. Einen kleinen Moment noch," rief Tarek.

Kurz darauf öffnete er die Tür. Willi stand davor und wollte sie zum Abendessen abholen. „Kommt ihr mit runter? Wir haben noch einiges zu besprechen, bevor wir die Pferde morgen in ihre Boxen auf dem Rennbahngelände bringen."

„Wir kommen gleich runter. Gib uns noch einige Minuten."

Willi war zufrieden und marschierte die Treppe hinunter in den Speisesaal. Kurze Zeit später folgten auch Tarek und Aurelia.

Das Hotel, in welchem sie unterkommen waren, war nicht sehr groß, doch das Interieur durfte man als gehoben bezeichnen.

Es war sehr großen Wert auf eine seriöse und gediegene Ausstrahlung gelegt worden. Das viele dunkle, auf Hochglanz polierte Holz, strahlte dies aus. Die Wände waren in hellen weiß und beigetönen gehalten. Kleine Messingvasen und -schalen rundeten das Bild ab.

Als sie in den kleinen Speisesaal traten, wiederholte sich dieses Bild. Nur die kleinen zierlichen Holztischchen aus dunklem Walnuss Holz und die gepolsterten Stühle brachten etwas Leben in das farblose Ambiente. Die sehr bequemen Sitzgelegenheiten mit den hohen Lehnen waren mit einem wunderschönen Stoff bezogen, der ein Blumenmeer aus apricot- und rosafarbenen Rosen zeigte. Man hatte das Gefühl, als ob man in einem Rosenparadies gelandet wäre. Auch auf den Tischchen standen kleine Vasen mit je einer frischen, duftenden Rose darin. Aurelia musste gleich daran riechen.

„Oh, wie entzückend. Sie riecht tatsächlich sehr gut. Hier kann man es aushalten."

Ein gut gekleideter Kellner, mit einer Serviette über dem linken Arm, kam auf sie zu und fragte nach ihren Wünschen. Es gab hier kein Frühstücksbuffet, alles wurde direkt an den Tisch gebracht.

Sie bestellten Kaffee und ein reichhaltiges Frühstück für vier Personen. Als es kam, griffen sie beherzt zu und ließen es sich schmecken.

Zwischen zwei Bissen schlug Tarek vor, nachher zunächst einmal das Terrain des Renngeländes zu erkunden. Es war immer von Vorteil sich gut auszukennen.

Nach ihrem Frühstück zogen sie deshalb los und suchten sich zunächst eine Kutsche, die sie zum Renngelände bringen sollte. Schnell wurden sie fündig, denn direkt vor dem Hotel war ein Kutschenstand.

Es war nicht weit bis zum Gelände und Tarek staunte nicht schlecht, als er das weitläufige Terrain zu Gesicht bekam. Alles war neu gebaut und sehr großzügig angelegt. Geld schien hier keine Rolle gespielt zu haben, jedenfalls war nicht gespart worden.

Ein langgezogenes Gebäude stand auf der rechten Seite des Geländes. Hier waren die Tribünen für die Gäste und die Wettannahmestellen. Direkt davor waren Aufwärm- und Abreitplatz, ebenfalls sehr großzügig angelegt. Anschließend folgte eine Grasbahn, dahinter gab es noch eine Sandbahn.

Die Stallungen waren auf der anderen Seite der Rennstrecke, daneben eine Trainingsbahn. Noch sah alles neu und gepflegt aus und solange das Wetter trocken war, würde es auch so bleiben.

Sie gingen zu den Stallungen, um sich nach ihren Boxenplätzen zu erkundigen und fanden den Stallmeister, der ihnen die reservierten Boxen für ihre Pferde zeigte.

„Schauen Sie hier. Ich habe drei hintereinander liegende Boxen für sie reserviert. Wenn Sie möchten, können die Pferde heute noch eingestallt werden. Dann lass ich gleich einstreuen."

Tarek blickte in die Runde. „Seid ihr einverstanden, wenn wir die Pferde erst morgen früh bringen? Wir haben noch zwei Tage bis zu den Rennen." Alle nickten. Also war es beschlossene Sache. Heute wollte man noch die Vorfreude aufs Rennen genießen, ohne etwas zu arbeiten.

Aurelia ergriff das Wort. „Ich denke wir bringen sie morgen früh und reservieren für nachmittags die Trainingsstrecke.

Dann haben die Pferde noch einen Tag Pause."

„Ja, so machen wir das."

Zum Mittagessen setzten sie sich in die Gaststätte, die zum Renngelände gehörte und nahmen eine Kleinigkeit zu sich. Anschließend wollte Aurelia die Rennstrecke noch abgehen. „Ich möchte mir das Gelände noch genauer ansehen. Kommt ihr mit?"

„Geh Du doch mit Joaquin. Willi und ich trinken hier noch gemütlich ein oder zwei Bier. Morgen wird es stressig genug."

Aurelia grinste. Typisch Mann. Nur keine Energie verschwenden. Sie klopfte dem Jockey auf die Schulter. „Lass uns gehen Joaquin."

Zusammen gingen sie hinunter zur Grasbahn und gingen an der Bande entlang, um ein Gefühl für die Strecke zu bekommen.

„Sag mal, hast Du mir einen Tipp wie ich Sturmwind reiten soll?"

„Weißt Du denn schon, wer Deine Mitstreiter sind, Aurelia?"

„Es ist ein großes Feld. Zwölf Pferde sind gemeldet. Ein Hengst namens Warlord scheint der Favorit zu sein. Er hat wohl schon einige Rennen gewonnen. Der Jockey ist auch als skrupellos bekannt und benutzt gerne einmal die Peitsche für sein Pferd und Diejenigen die ihn überholen wollen."

Mit diesem schwierigen Zeitgenossen hatte ich auch schon zu tun. „Sei bitte vorsichtig bei diesem Mann und versuch Abstand zu halten."

„Gut, ich werde versuchen, es umzusetzen. Wir starten nämlich mitten im Feld und haben erst einmal keine Ausweichmöglichkeit nach rechts oder links. Die einzige Chance, die wir haben, ist nach vorwärts."

„Du hast hier auf jeden Fall einen wirklich ernstzunehmenden Konkurrenten, der unbedingt gewinnen will. Genauso wie Du."

Sie gingen wieder zurück zur Gaststätte, wo Tarek und Willi auf sie warteten.

„Und, habt ihr Euch alles angesehen?"

„Ja die Bahn ist wirklich in einem sehr guten Zustand und wenn es trocken bleibt, dann haben wir ein leichtes Geläuf. Gehen wir wieder ins Hotel?"

Tarek bezahlte die Rechnung.

„Sollen wir zu Fuß gehen? Ich könnte noch ein bisschen Bewegung brauchen."

Tarek nickte. „Ja, lasst uns Iffezheim noch ein erkunden. Wir müssen nicht unbedingt im Hotel essen."

Joaquin meinte, dass er heute nichts mehr essen dürfe. Deshalb wollte er direkt ins Hotel gehen.

Sie alle wussten, wie schwer es Joaquin fiel, sein Gewicht zu halten und deshalb stimmten sie seinem Vorschlag zu.

Iffezheim war eigentlich nur ein kleines Städtchen mit etwa dreitausendfünfhundert Einwohnern und es lag etwa zehn Kilometer entfernt von der größeren Stadt Baden-Baden. Trotzdem war hier alles auf Luxus ausgerichtet, denn auf die Rennbahn kamen meistens die gut betuchten Menschen, die hier viel Geld ließen. Dementsprechend viele kleine edle Geschäfte und Hotels gab es hier.

In einer kleinen Seitengasse fanden sie ein kleines Lokal mit gut bürgerlicher Schwarzwaldküche. Sie setzten sich draußen in den bestuhlten Innenhof unter eine wunderschöne, großgewachsene Kastanie, die ihnen Schatten spendete. Es war zwar schon Anfang September, aber die Luft war noch lau und es war schön, so unbeschwert draußen sitzen zu können.

Nachdem sie sich gestärkt hatten, bummelten sie zu ihrem kleinen Hotel zurück, um sich zur Nachtruhe zu begeben. Der nächste Tag würde viel Arbeit bringen.

Tatsächlich holten sie nach dem Frühstück die Pferde aus dem Mietstall und führten sie zu den gebuchten Rennbahnboxen, die schon mit viel Stroh, eingestreut waren. Duftendes Heu lag in der Raufe und die Tiere machten sich gleich darüber her. Die Rennpferde waren es gewohnt immer wieder einmal in fremden Boxen untergebracht zu werden.

Während Aurelia und Joaquin gestern die Bahn abgeschritten waren, hatte Tarek die Trainingsstrecke für drei Trainingseinheiten gebucht. Aurelia war als erste dran. Sie war bereits dabei Sturmwinds Beine zu bandagieren und ihn zu satteln. Dann führte sie den Hengst zur Trainingsstrecke und ließ ihn laufen, wie er wollte. Tarek stoppte die Zeit und war sehr zufrieden. Anschließend kam Joaquin mit Joy und Moonlight an den Start. Auch die Zeiten der beiden Stuten waren akzeptabel. Aber sie waren auch nicht auf Schnelligkeit geritten worden, sondern diese Trainingseinheit diente nur dazu, dass sie ihre Kondition nicht verloren. Anschließend durften sie sich in ihren Boxen dem Heu und einer Extraportion Hafer widmen.

Aurelia und Joaquin gingen sich in den Gemeinschaftsräumen duschen und anschließend nahmen sie sich eine Kutsche ins Hotel. Alle wollten sich an diesem Tag noch etwas ausruhen und so hatte jeder noch Zeit zur freien Entfaltung.

Joaquin machte noch eine Runde zum Rhein hinunter. Er wollte sich vom Essen ablenken. Es fiel ihm richtig schwer. Er kaufte sich in einem kleinen Kiosk eine große Flasche Wasser und setzte sich an das Rheinufer, auf eine Holzbank. Der Blick aufs Wasser ließ ihn innerlich zur Ruhe kommen. Er trank die Flasche aus und sein Hunger verschwand. Seine Gedanken drifteten ab, nach Hause, zu seiner Frau und seinem Töchterchen Jacqueline. Es war schade, dass sie beim Rennen nicht dabei sein würden. Aber ihnen zuliebe würde er sein bestens geben und heute und morgen fasten. Danach konnte er endlich wieder normal essen. Die Rennsaison war dann endlich vorüber. Er hatte immer versucht, sich nie anmerken zu lassen, dass er vollkommen ausgebrannt war. Er liebte die Pferde. Doch der ständige Verzicht auf Genuss war für ihn inzwischen sehr schwer zu ertragen. Noch zwei Tage durchhalten, sagte er zu sich selbst. Dann machte er sich auf den Weg zum Hotel und legte sich ins Bett.

Am nächsten Morgen standen Aurelia und Tarek früh auf. Die Sonne begann gerade aufzugehen, als die Beiden sich ins Frühstückszimmer setzten. „Kannst Du denn etwas essen, oder bist Du zu aufgeregt?"

„Ich brauche jetzt erst einmal einen doppelten Espresso, damit ich hellwach werde. Doch ich esse eine Kleinigkeit. Vielleicht ein Schokocroissant. Die Energie werde ich brauchen. Ich habe gehört, dass ich einen wirklich ernsthaften und etwas bösartigen Konkurrenten habe."

Tarek schaute sie ernst an. „Wieso bösartig? Muss ich mir Sorgen machen?"

„Keine Ahnung, Joaquin hat mir nur von einem Jockey erzählt, der seine Peitsche auch gerne gegen seine Konkurrenten einsetzt. Also werde ich aufpassen müssen."

„So ein Schwein. Ja, bitte pass auf Dich auf. Sonst knöpfe ich mir den Knaben vor."

Aurelia lachte. Insgeheim freute sie sich aber auch ein kleines bisschen, dass

Tarek sie so vehement verteidigen würde, im Fall eines Falles.

Willi kam verschlafen ins Zimmer und setzte sich zu ihnen. Entschuldigt die Verspätung. Ich wollte eigentlich Joaquin abholen, aber der war schon auf dem Weg zur Rennbahn. Vermutlich will er nichts essen. Ich mache mir in letzter Zeit ziemliche Sorgen um ihn. Aber die Saison ist ja so gut wie vorbei. Dann kann er wieder reinhauen." Das junge Ehepaar nickte. Als Willi ebenfalls satt war, machten sie sich auf den Weg zur Rennbahn.

Sie nahmen eine Mietkutsche, um Aurelias Kräfte zu schonen. Sie war bereits in die Stallfarben gekleidet und der Kutscher hatte sie seltsam angeschaut Vielleicht weil er noch nie einen weiblichen Jockey gesehen hatte. Es war immer noch ungewöhnlich. Aber Aurelia hätte ihren Hengst niemals von einer anderen Person reiten lassen.

Als sie dann später vor Sturmwinds Box stand, sah sie Joaquin bereits bei Joy. Er würde gleich nach ihnen, im zweiten

Rennen des Tages starten. Aurelia fand, dass er blass aussah. Aber sie wusste, dass er in den letzten Tagen nichts gegessen hatte. Welch Glückspilz war sie doch, dass ihr Stoffwechsel so hervorragend Fett verbrannte.

Doch sie hatte nun wirklich keine Zeit mehr sich, um den Jockey Sorgen zu machen, denn sie musste Sturmwind herrichten. Sie legte ihm Bandagen an, um seine Beine zu schonen und einen besseren Halt zu geben. Dann zäumte und sattelte sie ihn auf. Willi hatte die Startnummer schon besorgt und heftete die Zahl sieben an die Satteldecke. Dann machte sich Aurelia mit ihrem Schimmelhengst auf den Weg zum Wiegen.

Da sie knapp sechsundfünfzig Kilo wog, bekam Sturmwind noch etwas mehr als vier Kilo an Gewicht in die dafür vorgesehenen Sattelpads gesteckt. Nun hatten alle Pferde das gleiche Gewicht von sechzig Kilo zu tragen.

Dann ritten sie auf den Aufwärmplatz, um einige Runden im Kreis zu drehen.

Aurelia spürte, wie ein leichtes Zittern durch Sturmwinds Körper ging. Er schien genauso aufgeregt zu sein, wie sie selbst.

Die Tribünen waren voll besetzt, obwohl das erste Rennen bereits für zehn Uhr vormittags festgesetzt war. Scheinbar hatten die Menschen, die dort dicht gedrängt saßen, die Hoffnung, ein spannendes Rennen zu erleben. Vielleicht wollten sie auch die Dornerhof Pferde sehen. Anscheinend war ihr Ruf ihnen schon vorausgeeilt.

Dann wurden die Pferde zur Startlinie befohlen, um sich aufzustellen.

Aurelia wusste, dass ihr Konkurrent Warlord die Startnummer 1 hatte. Momentan würden also fünf Pferde zwischen ihnen sein und sie hatte somit einen Puffer. Allerdings hatte sie auf ihrer rechten Seite ebenfalls fünf Pferde und war somit ziemlich im Feld eingekesselt.

Warlord war ein dunkelbrauner, recht großrahmiger Wallach. Sein Reiter hatte ebenfalls dunkle Haare und war, wie bei Jockeys üblich, recht klein und zart gebaut. Er trug die Farben Weiß und Rot und war nicht zu übersehen. Genauso wenig wie sein aufgeblasenes Gehabe. Tatsächlich trug er eine Peitsche in seiner rechten Hand, also dem Feld zugewandt. Zum Glück hatte man sie vor seiner Übergriffigkeit gewarnt.

Der Startschuss fiel und das Rennen begann. Nase an Nase sprinteten die Pferde los. Bereits nach kurzer Zeit hatten Sturmwind und Aurelia drei der zwölf gestarteten Pferde hinter sich gelassen. Gerade zogen sie am vierten Pferd vorbei.

Sturmwind war in seinem Element. Sie brauchte keine Peitsche, er rannte für sein Leben gern, und zwar freiwillig. Er hatte einen unglaublichen Siegeswillen.

Der Schimmelhengst wurde immer schneller und flog nur so dahin. Ein Pferd nach dem anderen wurde überholt. Das hatte allerdings zur Folge, dass plötzlich Warlord neben ihm auftauchte, der ebenfalls mit seiner Höchstgeschwindigkeit dahin galoppierte.

Aurelia bemerkte in ihrem Augenwinkel, dass er mit der Peitsche ausholte. Allerdings nicht um sein Pferd zu schlagen, sondern um Sturmwind oder sie zu treffen. Inzwischen standen die Zuschauer auf den Tribünen und grölten. Sie hatten durchaus bemerkt, was auf der Rennbahn vor sich ging. Man hörte die einen Warlord rufen, die anderen schrien für Sturmwind.

Warlords Jockey verfehlte Sturmwind und Aurelia knapp mit seiner Peitsche, denn die junge Frau hatte versucht so viel Abstand wie möglich zu halten. Doch scheinbar gab es Sturmwind noch den Anreiz eine Idee schneller zu rennen und so schoss er, mit einer halben Pferdelänge Vorsprung, über die Ziellinie. Ein glasklarer Sieg für Sturmwind.

Das Publikum johlte. Viele unter ihnen hatten viel Geld gewonnen, denn Sturmwind war als Außenseiter gestartet, weil es das erste Rennen in Deutschland war und ihn offiziell noch niemand kannte. Doch natürlich hatten viele Wettwilligen bereits von seinen Siegen in Frankreich gehört und auf ihn gesetzt. Auch Tarek, Willi und Joaquin hatten ein stolzes Sümmchen gewonnen und freuten sich darüber sehr.

Während Aurelia mit ihrem Hengst zum Abreitplatz ritt, um den Pokal und das Preisgeld entgegenzunehmen, wurde sie von Warlords Jockey mit bösen Blicken durchbohrt. Doch sie ignorierte ihn. Nun hatte Warlord eben einen ernsthaften Gegner bekommen. Völlig normal im Renngeschäft.

Aurelias Männer waren bereits dort eingetroffen und strahlten um die Wette und gratulierten ihr. Ein Reporterteam machte Fotos und Aurelia gab willig ein Interview und erwähnte, auch die Fohlen, die Sturmwind bereits gezeugt hatte. Vielleicht ergab sich doch der eine oder andere Verkauf. Nach einer guten Stunde, konnte sie sich der Meute endlich entziehen und Sturmwind in seine Box bringen und versorgen. Schnell brachte sie seinen Sattel und das Zaumzeug in die Kammer, gab ihm frisches Wasser und machte sich auf den Weg zur Tribüne. Sie wollte unbedingt, das Rennen Joys und Joaquins sehen.

Dieser stand mit seiner Stute bereits an der Startlinie. Joy of Life lief an der Außenbande. Aber wenigstens hatte sie damit genügend Freiheit nach vorne zu kommen. Das Feld war mit neun Pferden überschaubar und so weit Aurelia wusste, war die Stute, die als Favoritin gehandelt wurde, langsamer als Joy.

So war es dann auch. Eigentlich war es ein recht langweiliges Rennen.

Joy hatte einen guten Start und ließ bald das ganze Feld hinter sich. Mit ein einhalb Pferdelängen ging sie souverän, als Siegerin, durchs Ziel.

Joaquin strahlte und sonnte sich im Erfolg. Jedenfalls schien es nach außen so. Ruhig und gelassen gab er sein Interview, in dem er die Familie von Dorner und deren Gestüt als sehr erfolgreich darstellte und nannte es den „aufgehenden Stern in der Vollblutpferdezucht".

Niemand bemerkte, wie blass der Jockey aussah. Er hätte auch nie zugegeben, dass er sich matt und schwindelig fühlte. Er hatte einen guten Job zu machen. Dafür wurde er schließlich bezahlt.

Joaquin musste eigentlich gar nichts tun, nur auf dem Pferd bleiben. Trotzdem war er erschöpft, als er zur Siegerehrung ritt. Er war froh, dass die Zeremonie vorbei war und er Joy in ihre Box bringen konnte. Müde sank er neben ihr ins Stroh. Seine Freunde und Aurelia fanden ihn dort sitzend, mit geschlossenen Augen.

Die junge Frau machte sich Sorgen. „Was ist mit Dir Joaquin. Fühlst Du Dich nicht wohl? Soll ich Dein zweite Rennen übernehmen?"

„Halb so schlimm Aurelia. Dieses letzte Rennen lasse ich mir nicht nehmen. Ich möchte Moonlights Sieg feiern, als ihr Jockey. Ich denke, sie würde Dir nicht so vertrauen wie sie es bei mir tut. Dass schaffe ich jetzt schon noch. Ich brauche nur einen kleinen Moment für mich. Würdet ihr mich bitte allein lassen? Ihr dürft mir dann hoffentlich zum Sieg gratulieren, auf dem Abreitplatz. Danach haue ich mir den Bauch voll und dann geht's mir auch wieder besser."

„Gut, dann lassen wir Dich jetzt in Ruhe. Erhol Dich ein bisschen."

Die Drei gingen wieder zur Tribüne zurück. Aurelia machte sich ernsthafte Sorgen um ihren Jockey. Doch als er dann auf Moonlight zur Startlinie ritt, atme sie auf. Er musste nur noch dieses eine Rennen überstehen. Dann konnten sie heimfahren und Joaquin konnte sich bei Frau und Kind ausruhen und wieder zu Kräften kommen.

Das Startsignal erfolgte und das Rennen begann. Moonlight war an der Innenbande aufgestellt gewesen und von den anderen Pferden eingekeilt worden. Scheinbar schienen die anderen Jockeys eine ernsthafte Gefahr in ihr zu wittern.

Doch als Joaquin eine Lücke zwischen den Pferdeleibern sah, spornte er seine Stute an. Diese machte einen großen Satz und zog mit ihren langen Beinen an ihren Widersachern vorbei.

Kurz vor der Ziellinie spürte der junge Franzose wie es ihm schwarz vor Augen wurde. Die Zuschauer auf der Tribüne, die schrien und johlten, merkten erst, dass etwas nicht stimmte, als Joaquin vom Pferd kippte. Da Moonlight als erste durchs Ziel schoss, geriet er unter die Hufe des nachfolgenden Feldes. Die anderen Jockeys konnten nicht schnell genug reagieren. Joaquin wurde regelrecht überrannt.

Ein Aufschrei ging durch die Menge. Aurelia, Tarek und Willi waren sofort zur Rennbahn gerannt, wo ein Arzt neben dem jungen Jockey kniete. Betroffen schüttelte er den Kopf, als die Drei zu ihm traten und sich ebenfalls neben ihrem Freund niederknieten.

„Es tut mir so leid. Ich kann nichts mehr für ihn tun."

Aurelia konnte sich kaum mehr aufrecht halten. Der Schock saß tief. Auch Tarek und Willi konnten noch gar nicht realisieren, was hier gerade passiert war. Ein Rennbahnmitarbeiter kam mit Moonlight auf Tarek zu und drückte ihm die Zügel in die Hand. Die Reporter stürzten sich wie die Geyer auf die von Dorners und wollten ein Interview.

Willi sprach mit dem Arzt und bat ihn, den Leichnam Joaquins in eine freie Box zu bringen, bis die Lage vor Ort sich beruhigt hatte. Dieser versprach sich darum zu kümmern.

Joaquins Heimkehr

Es war furchtbar. Aurelia versuchte mit der Presse zu sprechen. Ihr war klar, dass dies ein gefundenes Fressen für die Presseleute war. Endlich eine Geschichte die eine große Auflage versprach. Traurig daran war, dass es vermutlich dem Gestüt auch genügend Publicity einbrachte. Darauf hätte sie gut und gerne verzichten können. Sie hatte die Anerkennung durch den Sieg ihrer Pferde erreichen wollen, nicht durch einen Todesfall.

Nachdem die Leute sich zerstreut hatten, gingen die Drei zu den Pferdeboxen zurück. Sie versorgten Moonlight und standen fassungslos vor dem Tisch, auf welchem der Doktor ihren Freund aufgebahrt hatte.

Joaquin sah so friedlich aus. Man sah eine große Schramme am Kopf, die er wohl von einem Pferdehuf hatte. Die inneren Verletzungen sah man Gottseidank nicht und die zahlreichen Hämatome waren unter seiner Kleidung versteckt.

Tarek ergriff als Erster das Wort. „So leid mir alles tut, wir müssen jetzt rational denken. Kati darf von dem Todesfall nicht aus der Zeitung erfahren. Ich werde Georg sofort telegrafieren. Er soll sie von den Zeitungen fernhalten, bis wir zu Hause sind. Kannst Du einen Wagon organisieren, damit wir die Pferde verladen können Willi? Ich frag bei der Rennleitung, ob wir die drei Pferde dann direkt von hier zum Bahnhof bringen können."

Willi nickte und machte sich auf den Weg. Nicht, ohne seinem toten Freund noch einmal einen Blick zuzuwerfen.

Aurelia war immer noch sprachlos. Tarek machte sich Sorgen. „Geht's einigermaßen? Geh doch ins Hotel und leg Dich etwas hin. Ich werde einen Bestatter aufsuchen und den Leichnam Joaquins nach Hause bringen lassen."

Aurelia nickte und suchte eine Kutsche, um sich ins Hotel fahren zu lassen.

Tarek ging ins Büro der Rennleitung. Von dort konnte man auch Telegramme aufgeben.

Als Georg das Telegramm erhielt, war er ebenfalls tief betroffen. „Wie soll ich das Kati beibringen. Mein Gott. Solch eine Tragödie."

Der Arzt hatte sich bereits um einen Bestatter gekümmert. Als dieser eintraf bat Tarek ihn, Joaquins sterbliche Überreste umgehend nach Birnau aufs Gestüt überführen zu lassen.

Georg musste währenddessen Kati die furchtbare Nachricht überbringen. Als Kati vom Tod ihres Mannes erfuhr, brach sie zusammen. Sie legte sich ins Bett und verweigerte die Nahrung. Zum Glück konnte sich Sara um Jacqueline kümmern.

Tarek wollte jetzt nur noch ins Hotel zu seiner Frau und sie in die Arme nehmen. Er fand Aurelia schlafend im Hotelzimmer und legte sich ebenfalls etwas hin. Doch er kam nicht zur Ruhe. Vor seinem inneren Auge sah er den furchtbaren Sturz Joaquins vor seinem inneren Auge immer wieder ablaufen. Es war alles so schnell gegangen. Hoffentlich hatte

Joaquin nicht leiden müssen. Er döste langsam weg und wachte erst auf, als es stürmisch an der Tür klopfte.

„Mach auf Tarek." Willi stand vor der Tür. „Ich habe uns einen Wagon organisiert. Wir können morgen früh um elf Uhr verladen und sind dann gegen Abend zu Hause."

„Wenigstens das sind gute Neuigkeiten."

„Lass uns nach unten gehen Willi. Ich zieh mir nur noch schnell etwas an. Aurelia schläft noch. Sie ist auch fix und fertig."

Der Rotschopf blieb in der Tür stehen und wartete auf seinen Freund. Dann gingen sie gemeinsam in den Frühstücksraum hinunter. Dort nahmen die beiden Männer an einem der hübsch eingedeckten Tische Platz und ließen sich von der Hausdame den Kaffee servieren. Hunger hatte keiner von ihnen, doch sie brauchten ihre Kraft und Willi holte sich deshalb eine Portion Rührei und Speck für sich und seinen Freund. „Hier Tarek. Du musst etwas essen. Es steht uns eine anstrengende Zeit bevor. Ich darf gar nicht daran denken, wie es Kati wohl geht. Da beneide ich Georg nicht, der ihr solch eine schlechte Nachricht überbringen musste."

Tarek seufzte. „Ja, ich möchte auch nicht mit ihm tauschen."

Sie saßen noch gemütlich beim Frühstück, als Aurelia zur Tür hereinkam. Man sah ihr die Trauer an. Ihre Augen waren matt und es lag kein Glanz darin. Sie setzte sich zu den beiden Männern. „Es ist so furchtbar. Ich mag gar nicht nach Hause. Dort herrscht die nächste Zeit Trauerstimmung. Aber wir müssen nach Hause und das Leben muss irgendwie weiter gehen."

„Da hast Du Recht, Schatz. Es geht auch weiter. Aber Trauer braucht eben seine Zeit. Lass uns durchsprechen, was wir heute alles tun müssen."

„Na ja, da wäre zunächst einmal alles zusammen zu packen. Wir könnten unser Gepäck schon in ein Schließfach am Bahnhof bringen lassen, dann haben wir es morgen leichter. Wann müssen wir am Bahnhof sein?"

„Der Zug fährt um elf Uhr dreißig."

„Ok, dann lass uns unsere Pferde hierher in den Mietstall holen, dann haben wir den Weg morgen auch schon weg."

Nach dem Frühstück machten sich die Drei auf den Weg zur Rennbahn, um die Pferde in den hoteleigenen Mietstall zu holen.

Während in Paris alles für die Heimfahrt vorbereitet wurde, hatte Georg zu Hause die schwere Aufgabe übernommen Kati vom Tod ihres Mannes zu berichten. Er hatte sich so hilflos gefühlt, als Kati zusammengebrochen war. Gerne hätte er ihr den Schmerz abgenommen.

Sara hatte sie in ihr Zimmer begleitet und versucht, sie zu trösten. Doch Kati sprach nichts, trank nichts, aß nichts. Sie war wie versteinert. Nicht einmal weinen konnte sie und sie konnte sich auch nicht um ihre kleine Tochter kümmern. Also ließ man sie einfach in Ruhe und schaute von Zeit zu Zeit nach ihr.

Der Sarg mit Joaquins sterblichen Über-
resten war bereits vom Bestatter zur Kirche gebracht worden, wo er offen aufgebahrt worden war, damit sich die Menschen von ihm verabschieden konnten.
Joaquin hatte zwar nicht viele Freunde
gehabt hier in Deutschland, dazu war er
zu viel unterwegs gewesen, doch er war
bekannt, wie ein bunter Hund, weil er so
erfolgreich gewesen war.

Die Beerdigung sollte am übernächsten
Tag stattfinden. Georg wollte auf Aurelia,
Tarek und Willi warten. Sie sollten dabei
sein können, um sich von ihrem Freund
gebührend verabschieden zu können.

Wie geplant hatten Aurelia, Tarek und
Willi, die drei Pferde in den Wagon verladen, ihr Gepäck verstaut und sich zu
den Tieren ins Stroh gesetzt. Keiner
sprach. Alle waren mit ihren Gedanken
beschäftigt.

Die Reise verlief ohne Zwischenfälle und
einige Stunden später, konnten sie die
Rennpferde entladen und ritten nach
Hause.

Schon als sie die Allee in Richtung Stallungen ritten, spürte man die Stille, die über dem Gestüt lag. Sie hielten im Innenhof, brachten die Pferde in ihre Boxen, versorgten sie mit Wasser und Heu und gingen gemeinsam den Weg zum Haus hinauf.

Georg saß oben auf der grünen Bank. Er hatte sie kommen hören. Traurig schauten sie sich an.

Aurelia nahm Georg in den Arm. „Es tut mir so leid. Wie hat es denn Kati aufgenommen?"

Georg klopfte auf die grüne Bank neben sich und Aurelia nahm neben ihm Platz, während die beiden Männer ins Haus gingen.

„Kati ist wie versteinert. Sie hat noch kein einziges Mal geweint, kommt nicht aus ihrem Zimmer und will nichts essen. Gelegentlich nimmt sie etwas Wasser zu sich. Sie mag nicht mit ihrer Tochter spielen und ist vollkommen traumatisiert. Es war ein Schock für sie. Hoffentlich erholt sie sich wieder. Wir haben mit dem Arzt gesprochen. Er meinte nur, dass sich das von allein wieder geben muss und jeder Mensch auf seine Art trauert. Aber ich finde es beängstigend."

Aurelia nickte betrübt. „Ich werde nachher gleich nach ihr schauen. Vielleicht kann ich sie dazu bringen aufzustehen und etwas zu sich zu nehmen. Ich muss mich nur zuerst ein bisschen frisch machen."

„Aber natürlich mein Kind. Du musst mir nachher noch genau erzählen, wie das alles passiert ist."

„Das werde ich. Bis später Großvater."

Aurelia ging ins Haus und schlich leise die Treppe hinauf, in ihre Räumlichkeiten. Dort wartete Tarek bereits auf sie.

„Hallo Schatz, ich möchte gar nicht hinunter gehen und das ganze Elend sehen. Was hat Georg gesagt? Wie geht es Kati?"

„Anscheinend sehr schlecht. Ich werde mich jetzt erst waschen, umziehen und dann geh ich zu ihr hinüber. Schaust Du nach unserer Kleinen? Sie freut sich sicher, dass wir wieder da sind."

„Aber klar, mach ich. Ich freu mich doch auch schon auf unser Töchterchen."

Tarek machte sich auf die Suche, nach den anderen Bewohnern des Hauses. Er begrüßte die alte Maria, die in der Küche zusammen mit Monika werkelte.

„Hallo Ihr Beiden, wo sind denn unsere Mädchen?" Maria lächelte. „Sara passt auf die Beiden auf. Kati ist leider nicht fähig. Sie hat ihr Bett noch immer nicht verlassen."

Tarek nickte traurig. „Aurelia wird nach ihr sehen. Vielleicht kann sie etwas ausrichten."

Monika schaute Maria an. „Es ist schon furchtbar traurig. Wie ist es denn genau passiert?"

Tarek sagte: „Wir werden es Euch nachher im Esszimmer erzählen. Georg wird Euch rufen lassen. Zuerst soll Aurelia versuchen Kati zum Aufstehen zu bewegen."

Die beiden Frauen nickten und Tarek ging die Treppe wieder hinauf, um an Saras Zimmertür zu klopfen.

„Sara, ich bin es, Tarek. Machst Du mir bitte auf?"

Kurz darauf öffnete sich die Tür und eine betrübte Sara winkte ihn herein.

Die kleine Ellis krabbelte ihm bereits entgegen und Katis Baby Jacqueline lag friedlich in ihrer Wiege und schlief.

Tarek lächelte, als sein Blick auf die Mädchen fiel. „Wenigstens die beiden ahnen nichts von diesem Drama. Wie geht es denn Dir liebe Sara?"

„Na ja, es tut mir furchtbar weh, Kati so zu sehen. Aber Joaquin war die Liebe ihres Lebens, wie sie mir oft erzählt hat. Das ist alles sehr schlimm. Wie ist es denn passiert?"

„Wir wollten Euch alle bitten ins Esszimmer zu kommen. Dann müssen wir es nicht hundertmal erzählen."

„Gut. Dann gehen wir runter. Nimmst Du Ellis? Dann nehme ich das Baby mit hinunter."

Tarek nahm seine Tochter auf den Arm und ging mit ihr hinunter ins Esszimmer. Dort setzte er sie auf eine weiche Spieldecke, die dort auf dem Boden lag. Ellis krähte fröhlich, als er ihr ein Holzklötzchen überreichte. Obwohl die Situation sehr traurig war, musste er doch lächeln, wie fröhlich sein kleiner Schatz versuchte auf dem Holzteil herumzukauen.

„Na mein Schatz, spürst Du schon die ersten Zähnchen? Wir bleiben jetzt erst einmal bei Dir."

Er rief in die Küche hinüber nach Kaffee und Tee und setzte sich dann zu seiner Tochter auf den Boden, um auf die anderen zu warten.

Monika kam mit den Kaffeegedecken und stellte die Kaffeekanne, Milch und Zucker auf den Tisch. „Ich bring noch Tee und Kandiszucker."

„Sehr gerne Monika."

Nach und nach kamen Georg, Willi, Sara mit Katis Baby, Maria und Monika und setzten sich an den Tisch.

Die Damen schauten Tarek erwartungs-
voll an.

„Wir warten noch auf Aurelia. Vielleicht
gelingt es ihr Kati zum Aufstehen zu bewegen."

Monika schenkte die Tassen ein und jeder
nippte an seinem Getränk, doch keiner
sprach.

Endlich kam Aurelia mit Kati die Treppe
herunter. Kati wirkte schmal und verhärmt. Sie konnte sich kaum auf den Beinen halten. Doch Aurelia hatte sie unter-
gehakt und führte sie langsam an ihren
Platz, wo sie die junge Frau sanft auf einen Stuhl drückte.

„So Kati, jetzt trink wenigstens einen
warmen Tee. Das wird Dir guttun."

Aurelia schenkte ihr eine Tasse Schwarztee ein, legte ein Kandisstückchen hinein
und rührte um. Dann setzte sie sich neben
ihren Mann.

Dieser räusperte sich und warf einen un-
sicheren Blick in Richtung Kati.

„Möchtest Du wissen, wie es passiert ist
Kati?"

Diese blickte in mit ihren traurigen Augen an und nickte.

„Also gut. Es war das letzte Rennen. Danach wollten wir nach Hause. Joaquin hatte die Tage zuvor nichts gegessen. Jedenfalls nicht bei Tisch. Er schien Angst zu haben, die Gewichtsgrenze nicht einhalten zu können. Kurz vor der Zielgeraden tat sich eine Lücke auf und Moonlight schoss auf die Ziellinie zu. Und plötzlich kippte Joaquin vom Pferd und wurde von den anderen Pferden überrannt. Keiner konnte so schnell reagieren. Es war ein furchtbares Unglück. Aber sicher hat er nicht lange leiden müssen. Der Arzt kam sehr schnell, aber auch er konnte ihm nicht mehr helfen und nur noch seinen Tod feststellen. Es tut uns so leid liebe Kati. Natürlich kannst Du mit Deinem Baby hier wohnen bleiben. Du sollst keine Not leiden müssen. Der Verlust Deines Mannes ist schon schlimm genug.“

Kati hatte bei Tareks Worten angefangen zu weinen. Sie verfiel in einen regelrechten Heulkrampf und zitterte am ganzen Körper. Aurelia und Sara nahmen sie fest in den Arm und streichelten sie. Endlich kam die Trauer heraus. Nachdem sie sich wieder etwas beruhigt hatte, sagte sie: „Ich möchte mich trotzdem bei Euch bedanken, dass ihr uns ein so schönes zuhause gegeben habt. Joaquin war hier sehr glücklich. Ihr habt recht. Er tat sich in letzter Zeit furchtbar schwer sein Gewicht zu halten. Ich habe oft mitbekommen, wie er sich den Bauch vollgegessen hat und danach versuchte das Gegessene wieder loszuwerden. Das war schon richtig krankhaft. Er hatte furchtbare Angst, keine Rennen mehr reiten zu können. Und ich konnte ihm da leider auch nicht helfen. Ich bin froh, dass er nicht leiden musste. Doch ich werde ihn sehr vermissen. Er war die Liebe meines Lebens."

Aurelia tätschelte ihre Hand. „Ja das war er. So wie Tarek meine große Liebe ist. Es wäre für mich genauso furchtbar, ihn zu verlieren. Doch ich bin sicher Joaquin hätte gewollt, dass Du jetzt tapfer bist und an Dich und Jacqueline denkst. Durch euer Baby hast Du wenigstens noch ein Stückchen von ihm bei Dir. Vergiss das nie. Und wir werden immer für Dich da sein. Das sind wir ihm schuldig. Er hat uns zu großartigen Siegen verholfen und das Gestüt damit bekannt gemacht. Das werden wir ihm niemals vergessen. Jetzt müssen wir allerdings erst einmal die Beerdigung besprechen. Fühlst Du Dich dazu in der Lage?"

Kati nickte. Also besprachen sie die Details. Georg würde die Kosten dafür übernehmen.

Trauerzeit

Es war früh am Morgen, doch die zarten blassrosa und hellblauen Farben, die sich noch am Himmel zeigten, deuten darauf hin, dass es ein schöner Tag werden würde.

Die Stimmung war gedrückt als man sich zum Frühstück ins Esszimmer setzte.

Alle waren bereits in schwarz gekleidet.

Aurelia wollte mit Kati etwas früher zur Kirche fahren, um noch am offenen Sarg Abschied nehmen zu können, bevor der Sarg verschlossen wurde.

Sie hatte Vinzenz bereits gestern Abend gebeten, sie mit einem leichten Einspänner abzuholen. Pünktlich wie erwartet, stand er vor der Tür und half den beiden Frauen beim Einsteigen. Die Kutsche hatte er mit weißen Lilien schmücken lassen.

Aurelia legte ihren Arm um Kati. „Ich weiß, das ist der traurigste Tag in Deinem Leben. Doch die Zeit wird den Schmerz erträglicher werden lassen. Denk an Dein Baby. Die Kleine braucht Dich und wir brauchen Dich auch. Ich steh Dir in allem bei. Du musst nur mit mir reden. In Ordnung?"

Kati nickte. Ihr Herz war ein einziges schwarzes Loch und sie wusste nicht, wie sie diese Zeremonie überstehen sollte. Doch als sie vor der Kirche angekommen waren, gab sie sich einen Ruck und ging aufrechten Hauptes hinein. Aurelia ging hinter ihr her, um sie notfalls zu stützen, doch tapfer ging Kati direkt auf Joaquins Sarg zu.

Sie legte ihre Hände auf die Brust ihres Mannes, beugte sich über ihn und gab ihm einen Kuss auf die kalte Wange. Im stillen Zwiegespräch nahm sie Abschied von ihm und versprach ihm, bald nachzukommen. Dann legte sie ein kleines Medaillon auf seine Brust. Darin waren Haarlocken von ihr und ihrem Baby. „Nimm dies mit Dir, in Erinnerung an uns. Wir werden uns wiedersehen mein Liebster."

Nun rannen ihr doch einige Tränen übers Gesicht, die sie sich verstohlen wegwischte. Zum Glück hatte sie sich ein Hütchen mit einem zarten Schleier aufgesetzt. So konnte sie ihren desolaten Zustand etwas verbergen.

„Bist Du so weit, Kati? Dann lasse ich den Sarg jetzt verschließen."

Die junge Frau nickte. Je schneller diese Zeremonie vorbei war, desto eher konnte sie sich wieder in ihr stilles Kämmerlein verkriechen, dachte sie bei sich.

Tarek, Georg und die anderen waren inzwischen auch gekommen und hatten sich in der vordersten Bank niedergelassen. Aurelia und Kati setzten sich dazu. Die Andacht begann.

Kati war mit ihren Gedanken weit weg. Sie reiste mental zurück an den Tag der Geburt ihres Babys. Sie holte sich Joaquins strahlendes Gesicht vor ihr inneres Auge. Wie hatte er sich über sein Kind gefreut. Sie versuchte das Bild festzuhalten. Es würde ihr gut über diese Trauerfeier hinweghelfen. So fühlte sie sich ihm unendlich nahe. Aurelia hatte recht. Ihr

Baby, war das gemeinsame Band von ihr zu ihrem Mann.

Sie bemerkte kaum, dass die Andacht vorbei war und ließ sich am Arm von Aurelia hinausführen zu der Stelle, an der das Grab bereits ausgehoben war.

Mechanisch nahm sie die Beileidsbekundungen der Trauergäste entgegen, nickte und bedankte sich.

Tarek hielt noch eine kleine Rede, dann wurde der Sarg ins Grab hinabgelassen. Man warf die obligatorische Erde und einige Blumen auf den Sarg hinunter, dann schritt man zurück zu den wartenden Kutschen.

Es waren nicht viele Trauergäste gekommen. Doch die wenigen, wurden natürlich eingeladen. Man fuhr ins Gasthaus, aß eine Kleinigkeit, sprach über den Toten und fuhr, sobald es der Anstand erlaubte, wieder nach Hause.

Auch die von Dorners und ihre Angestellten waren froh, die Beerdigung hinter sich zu haben.

Aurelia blickte zu Kati hinüber, die ihr gegenüber in der Kutsche saß. Sie machte einen gefassten Eindruck. Auch sie war froh, als sie die breite Kastanienallee entlangfuhren, die zum Gestüt führte und sie sich bald in ihre Räumlichkeiten zurückziehen konnte. Es hatte doch einiges an Kraft gekostet und es würde eine Zeit dauern, bis wieder alles seinen gewohnten Gang gehen konnte.

Tarek half Vinzenz noch beim Ausspannen und Versorgen der Pferde und machte noch einen Stallrundgang, um sich zu vergewissern, dass alles seine Richtigkeit hatte. An Moonlights Box hielt er kurz inne. „Arme Moonlight. Das war für Dich sicher auch ein Schock. Ich weiß noch gar nicht, was wir ohne Joaquin machen sollen. Ich bin jedenfalls zu schwer, um Dich zu reiten. Aber jetzt verdauen wir das Drama erst einmal, nicht wahr, Du Hübsche?" Zärtlich streichelte er über die Nüstern der Stute. Es war doch jedes Mal faszinierend, wie wohltuend die Wärme eines solch edlen Geschöpfes war und wie es einen beruhigen konnte. Seufzend machte er sich auf den Weg ins Haus.

Aurelia hatte sich hingelegt und schlief, als er zu ihr ins Zimmer trat. Zärtlich betrachtete er seine Frau. Er liebte sie noch immer, oder vielleicht noch mehr als am ersten Tag? Unvorstellbar, wenn er sie hätte beerdigen müssen. Hoffentlich würde er niemals in solch eine Situation kommen. Tarek legte sich neben sie aufs Bett, kuschelte sich in Löffelchenstellung an sie und genoss die Wärme seiner Frau. Dann fielen auch ihm die Augen zu.

Die nächsten Tage und Wochen stellte sich wieder eine gewisse Normalität ein, denn die Pferde mussten versorgt werden. Auch Kati machte einen etwas gefassteren Eindruck. Doch selbst wenn sie lächelte, erreichte das Lachen niemals ihre Augen.

Weihnachten stand vor der Tür. Der Tradition halber wollte man einen kleinen Weihnachtsbaum aufstellen und Georg war zusammen mit Tarek und Willi in den Wald hinauf gegangen. Dort zeigte er den jungen Männern, welche Tanne sie fällen sollten. Er war dazu nicht mehr in der Lage. Noch hatte er Niemandem gesagt, dass auch er keine lange Lebenszeit mehr vor sich hatte. Vermutlich würde es sein letztes Weihnachtsfest werden. Doch er wollte, dieses Fest noch einmal richtig feiern, und zwar im Kreis seiner Liebsten. Nachdem der kleine Baum gefällt war, trugen ihn die jungen Männer zum Haus. Dort wartete schon Sara, um ihn zu schmücken. Jacqueline saß in ihrer Wiege und Ellis robbte in ihrer eigenen Art auf alles zu was glänzte. Sie fand die Kugeln faszinierend. Sara hatte alle Hände voll zu tun, um die Kinder zu beaufsichtigen und war deshalb froh, als Aurelia ihr zu Hilfe eilte.

„Uff, bin ich froh, dass Du kommst. Diese beiden kleinen Racker muss ich ständig im Auge behalten. Ich glaube es dauert nicht mehr lange und unser Baby fängt an zu krabbeln."

Aurelia lachte. „Ich helfe Dir. Kati hat vermutlich keine Lust Weihnachten zu feiern. Das macht ihr nur schmerzlich bewusst, dass ihr Mann nicht dabei ist."

„Ja, denke ich auch. Sie ist oben und hat sich hingelegt. Dann schmücken wir halt den Baum."

„Hey du kleiner Frechdachs. Hast du wieder eine Kugel stibitzt?" Blitzschnell war Ellis auf die Kugeln zu gerutscht und hatte sich eine davon genommen. Als ihre Mama sie ihr aus der Hand nahm begann sie jämmerlich zu greinen. Aurelia schaute, dass sie ihr schnell eins ihrer Plüschtiere als Ersatz reichte. Doch Ellis warf das Tier in hohem Bogen von sich und greinte weiter.

„Das kann ja noch heiter werden, wenn meine Tochter jetzt schon so ungehalten werden kann."

Sara lachte. „Da hast Du noch einiges auszuhalten."

Beide Frauen versuchten den kleinen Schreihals zu ignorieren und tatsächlich, nach einer Weile hörte Ellis auf und holte sich ihr Plüschtier wieder.

Sie hatten fast eine Stunde damit verbracht den Baum zu schmücken. Das Lametta war ebenfalls verteilt. Die Kerzen durfte Tarek anbringen. Er kannte das Weihnachtsfest erst, seit er auf dem Dornerhof lebte, denn als Muslim feierten sie nicht auf diese Art und Weise. Doch da er seinen Glauben nicht lebte, war das kein Problem für ihn.

„Sara, hast Du Lust mit den Kindern und mir spazieren zu gehen? Ich brauche frische Luft."

„Ja, gerne. Dann packe ich die Beiden warm ein. Dauert nicht lange."

„Mach das. Ich hol meinen Mantel."

Schnell verschwand sie in ihr Zimmer, um sich ihren warmen Mantel überzuwerfen.

Als Aurelia wieder die Treppe herunterkam, hatte Sara die beiden Mädchen ebenfalls schon warm eingepackt und Aurelia nahm ihre Tochter auf den Arm, während Sara das Baby in den Kinderwagen setzte.

Tarek hatte eine Art Brett am Kinderwagen befestigt, so dass seine schon größere Tochter ebenfalls darauf mitfahren konnte.

Die krähte begeistert.

Und so zogen die vier Mädels los, den Hang hinauf und genossen die kühle, klare Dezemberluft. Die Sonnenstrahlen glitzerten auf der geschlossenen Schneedecke und alles wirkte friedlich und unberührt.

Da der Weg nicht geräumt war und sie durch den etwa zehn Zentimeter hohen Schnee stapfen mussten, ließen sie den Kinderwagen bald stehen und nahmen die Kinder auf ihre Arme. Sie gingen bis zum Waldrand. Dort lagen einige gefällte Baumstämme. Sara wischte den Schnee mit ihren Handschuhen fort und legte ihren Schal darauf, dann setzten sie sich und genossen die Aussicht.

Da es ein so schöner klarer Tag war, konnten sie von der Anhöhe aus weit über das Land schauen. Der Bodensee lag still da, die Sonnenstrahlen glitzerten auf dem

Wasser. Der See war nicht zugefroren. Das tat er nur in sehr eisigen Wintern. Doch dieses Jahr war es bisher nicht kalt genug gewesen. Auf den gestütseigenen Koppeln standen die Pferde. Auch sie hatten sich den Temperaturen angepasst und ein langes Winterfell bekommen. Genüsslich ließen die Tiere sich die Sonne auf ihren Pelz scheinen. Einige der Stuten waren wieder tragend und im Frühsommer würden weitere Fohlen auf die Welt kommen.

Aurelia seufzte. „Es ist so friedlich hier. Man vergisst vollkommen, dass das Leben so schnell zu Ende sein kann. Bist Du denn glücklich hier liebe Sara? Hier auf dem Gestüt ist das Leben nicht sehr aufregend für eine junge Frau."

Sara lachte schallend. „Ja, im Grund hast Du recht Aurelia. Aber ich mochte Partys und solche Dinge noch nie. Deshalb genieße ich das ruhige Leben hier. Außerdem warte ich eigentlich so ein kleines bisschen darauf, dass Willi sich mir öffnet. Er hat schon einen vorsichtigen

Annäherungsversuch gestartet. Doch nach dem Trauerfall ist nicht die richtige Zeit, um vor allen öffentlich herum zu schmusen. Das würde Kati nur weh tun."

„Das stimmt. Das würde sie sicher noch mehr an ihren Verlust erinnern. Aber Tarek und ich nehmen uns auch oft in den Arm oder geben uns einen Kuss. Die arme Kati. Hoffentlich verkraftet sie es. Sie wirkt immer noch verhärmt und isst kaum. Und ihr Baby kann den Verlust wohl nicht aufwiegen."

Sara liebte die kleine Jacqueline wie ihr eigenes Kind und kümmerte sich vorbildlich um sie. Aber sie konnte absolut nicht verstehen, dass Kati so in ihrem Schmerz aufging und sich gar nicht um ihr Kind kümmerte.

„Dann schauen wir mal, wie Kati Weihnachten verkraftet. Das Fest der Liebe."

„Komm lass uns wieder zurückgehen, bevor die kleinen Mäuse hier erfrieren."

Aurelia nahm ihre Tochter Huckepack und diese jauchzte vor Glück.

Bald waren sie wieder beim abgestellten Kinderwagen angekommen und Sara legte Jacqueline hinein. Dann quälten sie sich die restliche Strecke durch den Schnee nach Hause ins Warme.

Als sie die Haustür öffneten, schlug ihnen die Wärme des angeheizten Kamins entgegen.

„Ah, tut das gut," meinte Aurelia.

Die beiden Frauen zogen sich die Mäntel und den Kindern die Jäckchen aus und gingen in die Küche. Aurelia bat Maria einen Tee zu kochen und setzte sich mit Sara und den Mädchen ins Esszimmer auf deren Spieldecke.

Bald darauf servierte Monika den Schwarztee. „Komm Monika, setz Dich ein bisschen zu uns. Die Arbeit rennt nicht weg."

Monika nahm dankend an und holte sich ein weiteres Gedeck und schenkte sich ein.

Sara meinte: „Es geht doch nichts über eine schöne Tasse süßen, starken Tee an solch einem Wintertag."

„Ja, vor allem, wenn man dann gleich wieder hinaus gehen muss. Die Pferde warten auf mich. Den täglichen Rundgang lasse ich mir nicht nehmen. Egal was für ein Wetter draußen herrscht."

Monika nickte. „Ja, Du hast es nicht leicht Aurelia. Es ist schon eine gewaltige Verantwortung, die Du da übernommen hast. Sag mal, findest Du nicht auch, dass Georg schlecht aussieht? Er scheint abgenommen zu haben, obwohl er gut isst."

„Das ist mir tatsächlich auch schon aufgefallen. Aber nach dem Unglück mit Joaquin wollte ich ihn nicht fragen. Noch eine schlechte Nachricht hätte ich nicht verkraftet. Aber ich werde das wohl angehen müssen. Von sich aus wird er vermutlich nichts sagen, um uns nicht zu beunruhigen."

Inzwischen hatte sie ihren Tee leergetrunken und erhob sich. „Also dann mach ich meine Runde. Übernimmst Du die Kinder, Sara?"

„Aber klar. Geh ruhig. Jacqueline ist eh schon am Einschlafen und Ellis leg ich auch gleich hin. Die frische Luft hat die Mädchen müde gemacht."

Aurelia machte sich nie Sorgen, wenn Sara sich um die Kinder kümmerte und so zog sie ihren warmen Mantel wieder an, holte sich noch einige Karotten- und Apfelstücke aus der Küche und verschwand in Richtung Stallungen.

Sie mochte das Leben hier sehr und war rundum glücklich. Der unverhoffte Tod Joaquins hatte ihr allerdings bewusst gemacht, wie schnell Glück zu Ende gehen konnte. Deshalb lebte sie jeden Tag noch bewusster und dankbarer als vorher.

Als sie die große Stalltür öffnete, hörte sie bereits Tarek und Vinzenz werkeln. Vinzenz war inzwischen auch schon fast siebzig Jahre alt und sie würde sich mit ihrem Mann besprechen müssen, wie sie ihm einen schönen Ruhestand sichern konnten. Es war absehbar, dass er nicht mehr mithelfen konnte.

Dann trat sie an Sturmwinds Box und schob ihm ein Stückchen Karotte zwischen seine weichen Lippen. Jedes Mal, wenn er sie sah, wieherte er leise zur Begrüßung. Sturmwind und sie hatten ein ganz besonderes Band zueinander und Aurelia überkam immer ein tiefes Gefühl der Liebe und Zuneigung zu diesem wunderschönen Pferd. Auch wenn sie im Grunde wunschlos glücklich war mit ihrem Leben, so gab es doch manches Mal Situationen, die sie überforderten. Dann vergrub sie ihr Gesicht in Sturmwinds Fell und eine tiefe Ruhe und Geborgenheit überkam sie. Er war ihr Tröster, stellte keine Bedingungen, gab ihr einfach nur seine Zuneigung. Das war ein unglaublich schönes Gefühl. Hoffentlich blieb er lange gesund.

Tarek hatte sie entdeckt und kam auf sie zu. „Na, mein Schatz, wie geht's Dir denn heute an diesem wunderschönen Wintertag. Ich habe Dich doch tatsächlich schon ein bisschen vermisst."

Aurelia grinste. „Tatsächlich? Ich war mit Sara und den Kindern spazieren. Wir saßen oben am Waldrand und haben den wunderbaren Ausblick genossen. Man sieht sogar den See heute."

Tarek nahm sie zärtlich in seine Arme. „Ist Dir durch Joaquins Tod auch bewusst geworden, wie froh wir sein dürfen, uns noch zu haben? Es tut mir in der Seele weh, Kati so leiden zu sehen. Glaubst Du, dass sie das jemals überwindet?"

Aurelia schmiegte sich an ihn. „Ich hoffe es. Aber das wird die Zeit zeigen. Momentan mache ich mir eher Sorgen um Georg. Irgendwie sieht er nicht gesund aus."

„Wirklich? Das ist mir noch gar nicht aufgefallen."

Die junge Frau löste sich von ihrem Mann. „Warst Du schon bei den Stuten?"

„Ja, sind schon gestriegelt und gefüttert. Nur Dein Sturmwind noch nicht. Den habe ich für Dich übriggelassen."

„Na dann, mache ich mich mal an die Arbeit."

Sie ging in die Sattelkammer und nahm ihren Putzkorb aus dem Regal. Dann ging sie zurück zu ihrem Hengst und begann ihn sanft zu striegeln. Der genoss das sichtlich und stand ganz ruhig. „Na, mein Schöner. Das gefällt Dir."

Als ob er ihr antworten wollte, schnaubte er zärtlich, drehte sich etwas zu ihr und legte ihr seinen Kopf auf die Schultern. Ein tiefes Zufriedenheitsgefühl durchströmte sie. Ach, könnte das Leben doch immer so einfach sein. Nachdem Aurelia Sturmwinds tägliches Putzritual beendet hatte, warf sie ihm frisches Heu in seine Raufe und teilte ihrem Mann mit, dass sie wieder zu Ellis gehen würde.

Als sie im Esszimmer niemanden vorfand, ging sie in die Küche. Die alte Maria teilte ihr mit, dass Sara und die Kinder sich hingelegt hatten.

„Hast du eigentlich Kati oder Georg heute schon gesehen?"

„Nein, Beide nicht."

„Na, dann warten wir mal, ob sie zum Mittagessen auftauchen. Was gibt es denn heute?"

Ich habe von unserem Jäger eine Rehkeule bekommen. Die habe ich lange in

Rotwein eingelegt und sie schmort gerade im Ofen. Dazu Kartoffeln und grüne Knoblauchbohnen."

„Hört sich gut an. Gut. Ich lege mich auch noch ein halbes Stündchen hin. Weck mich dann bitte, wenn es Essen gibt. Bis nachher."

Sie drehte sich um, und ging zur Treppe. Irgendwie war sie erschöpft. Vielleicht von der Trauer die in letzter Zeit geherrscht hatte. Sie hatte unbewusst die Befürchtung, dass da noch mehr auf sie zukommen würde. Vor allem, wenn sie ihren Großvater so ansah.

Aurelia reckte und streckte sich. Das kurze Schläfchen hatte ihr gutgetan und voller Elan sprang sie aus ihrem Bett. Sie hatte jetzt richtigen Hunger und beschloss gleich einmal nachzuschauen, ob das Essen schon fertig war.

Tatsächlich kam Monika gerade die Treppe herauf, um sie zu wecken und zum Essen abzuholen.

„Gutes Timing Aurelia. Maria deckt gerade den Tisch."

„Ja, ich komme schon. Schlafen macht mich immer hungrig."

Sie ging ins Esszimmer und setzte sich auf ihren Platz. Tarek, Georg, Sara und die Kinder, waren auch schon da. Nur Kati fehlte mal wieder und Monika ging noch einmal hinauf, um nach der jungen Frau zu schauen.

Sie klopfte an die schwere Holztür und rief: „Kati, möchtest Du nicht mit uns essen? Wir vermissen Dich alle."

Es dauerte eine bisschen, bis Kati ihre Tür öffnete. „Ich komme."

233

Sie schloss die Tür hinter sich und ging mit Monika ins Speisezimmer. Dann setzte sie sich an ihren Platz.

Monika begann zu servieren.

Als sie beim Nachtisch angelangt war, räusperte sich Kati.

„Ich muss Euch etwas sagen. Es fällt mir zwar sehr schwer, aber ich werde das Gestüt verlassen. Ihr wisst, dass ich das Haus meiner Mutter geerbt habe. Dort werde ich hinziehen, denn hier erinnert mich alles an meinen geliebten Mann und ich kann einfach nicht loslassen."

Aurelia schaute sie ungläubig an. „Hast Du Dir das auch gut überlegt? Du hast keinen Job dort und musst auch irgendwie für Dein Kind sorgen."

Kati seufzte. „Ja, für die erste Zeit wird es reichen. Wir haben ein Dach über dem Kopf und etwas Geld. Ich habe gespart. Das wird uns die erste Zeit reichen. Dann werde ich mir eine Arbeitsstelle suchen müssen."

Georg mischte sich ein. „Liebe Kati, wir alle bedauern es, dass Du uns verlassen willst. Aber ich sehe ein, dass Dich hier alles an Joaquin erinnert. Wir wollen aber nicht, dass Du Hunger leiden musst und Deine Kleine immer eine erschöpfte Mutter hat. Wir haben Dich liebgewonnen und haben bereits besprochen, Dir Joaquins Anteil am Preisgeld auszuzahlen. Damit kannst Du die ersten Jahre gut leben, ohne arbeiten zu müssen."

Kati brach in Tränen aus, stürmte auf Georg zu, um ihn zu umarmen.

„Lieber Herr von Dorner, ich danke Ihnen so sehr. Das hilft uns sehr. Bis wann könnte ich das Geld denn bekommen? Ich möchte so schnell wie möglich aufbrechen."

„Nun, ich werde morgen früh anspannen lassen und zur Bank nach Birnau fahren und Dir das Geld direkt mitbringen. Hältst Du es noch so lange bei uns aus?"

„Aber natürlich. Vielen Dank."

Kati strahlte übers ganze Gesicht. Das hatte sie schon lange nicht mehr getan.

Auch wenn es Aurelia schwer ums Herz wurde, denn Kati war inzwischen fast ein

Familienmitglied geworden, so wusste sie doch, dass Kati einen Neubeginn brauchte. Sie hatte ihren Mann so geliebt und hier in der Umgebung, in der sie alles an Joaquin erinnerte, konnte sie ihn einfach nicht loslassen.

Am nächsten Morgen ließ Georg früh anspannen und fuhr nach Birnau. Es war ein schöner Tag, doch immer noch kalt, deshalb hatte er sich für die geschlossene Kutsche entschieden. Die Höhenstraße nach Birnau erlaubte ihm einen Blick auf den ruhig daliegenden Bodensee. Das Wasser wirkte heute eher grau und etwas aufgewühlt, denn es wehte ein kühler Wind.

Dieses kalte Wetter war nichts mehr für ihn. Er spürte seine alten Knochen, als er mühsam aus der Kutsche stieg und auf das wundervoll geschnitzte und mit goldener Farbe verzierte Haupttor des Bankhauses zuging, welches sich in einer alten, prachtvollen Villa befand.

Georg trat an den Schalter und sofort trat ein junger Mann hinzu, der den Gestütsinhaber sofort erkannt hatte.

„Herr von Dorner, welche Ehre Sie hier bei uns begrüßen zu dürfen. Was kann ich denn für Sie tun?"

„Guten Tag, Herr Rösler, ich benötige fünfzigtausend Taler und würde das Geld auch gerne gleich mitnehmen. Ist das möglich?"

„Selbstverständlich Herr von Dorner. Ich lasse das Geld aus dem Tresor holen."

Er winkte einem weiteren Angestellten, der sich in den Keller der Bank aufmachte.

„Setzen Sie sich doch so lange Herr von Dorner. Möchten Sie einen Kaffee trinken, bis unser Angestellter das Geld abgezählt hat?"

„Da sage ich nicht Nein. Herzlich gerne." Georg setzte sich auf ein kleines, mit Brokatstoff überzogenes Sofa in der Lobby. Eine hübsche junge Dame brachte ihm eine Tasse mit Kaffee. Dazu stellte sie ein Kännchen mit Milch und eine

Zuckerdose aus feinstem Meißner Porzellan. Sie fragte Georg, ob sie ihm Milch eingießen dürfe, doch der verneinte. „Ich mache das selbst. Vielen Dank junge Dame."

Genüsslich gab er etwas Milch in seine Tasse und rührte zwei Löffel Zucker hinein. Er schloss für einen kurzen Moment die Augen und saugte den Kaffeeduft in sich ein. Welch wundervolles Getränk das doch war.

Er war noch ganz in seine Gedanken vertieft, als Herr Rösler sich neben ihn setzte und einen kleinen Geldkoffer vor ihn hinstellte. „Wollen Sie nachzählen Herr von Dorner?"

„Nein Danke Herr Rösler. Ich vertraue Ihnen."

Er quittierte den Erhalt des Geldes, nahm den letzten Schluck seines Kaffees und verabschiedete sich von dem Bankleiter. Dann ging er hinaus, wo sein getreuer Kutscher Vinzenz auf ihn wartete und ihm beim Einsteigen half.

Auf dem Heimweg verfiel Georg ein bisschen in Wehmut. Vinzenz und er waren fast gleich alt. Doch während sein Kutscher durch die körperliche Arbeit immer noch fit schien, verfiel sein eigener Körper zunehmend. Wenn Kati weg war, dann würde er seiner Familie reinen Wein einschenken müssen. Sein Testament hatte er bereits geregelt und da das Gestüt, auch dank Joaquin so gut dastand, würde Aurelia wenigstens keine finanziellen Probleme haben.

Seufzend nahm er zur Kenntnis, dass sie bereits die Allee zum Gestüt entlangfuhren. Sie würden also gleich da sein.

Vinzenz hatte neben den Stallungen angehalten und half seinem Chef aus der Kutsche. „Soll ich Dir das Köfferchen tragen Georg?"

Georg lächelte. „Das schaff ich schon noch Vinzenz. Aber Dankeschön."

Langsam und schweratmend kam er am Haupthaus an. Alles strengte ihn inzwischen an. Er verweilte einen kurzen Moment vor der Tür, atmete tief durch, setzte ein Lächeln auf und betrat das Haus. Im Esszimmer standen bereits Katis gepackte Koffer. Sie selbst saß am Tisch, eine Tasse Tee vor sich und in ein anregendes Gespräch mit Aurelia und Sara vertieft. Jacqueline spielte mit Ellis neben ihr auf dem Boden.

„Ah, da seid ihr ja. Schau Kati, ich habe Dir das Geld mitgebracht. Fünfzigtausend Taler. Damit kannst Du einige Jahre gut leben."

Kati schaute ungläubig zu Georg und zum Geldkoffer, den er vor sie hinstellte. Zunächst konnte sie gar nichts sagen, denn sie war völlig überwältigt von der Großzügigkeit dieses alten Mannes. Dann stand sie auf, nahm Georg fest in die Arme und küsste ihn auf die Wange. „Ich danke Ihnen sehr Herr von Dorner. Jetzt kann ich mich beruhigt auf den Weg in ein neues Leben machen, ohne Existenzängste haben zu müssen. Vor allem kann ich mich gebührend um mein Baby kümmern, ohne arbeiten gehen zu müssen.

Welch ein Luxus. Herzlichen Dank Euch allen."

Sie umarmte jeden der Reihe nach. Tränen standen in den Augen aller Beteiligten, denn man hatte Kati sehr gemocht.

Georg räusperte sich und meinte: „Dann lasse ich Vinzenz nochmal anspannen. Soll er Dich nur zum Bahnhof fahren, oder direkt in Dein neues zu Hause?"

„Ich habe schon ein Bahnticket gebucht. Also nur bis zum Bahnhof nach Überlingen. Bisher bin ich noch nie Zug gefahren und das wollte ich mir doch nicht entgehen lassen. Jaqueline gefällt das bestimmt auch."

Aurelia lächelte. „Bestimmt gefällt Euch das." Sie begleitete Kati und ihr Kind bis zur Haustür und nahm sie noch einmal fest in die Arme.

„Wenn Du trotzdem irgendetwas brauchst oder Sehnsucht nach uns hast, dann melde Dich bitte. Hier wird immer ein Platz für Dich sein. Einverstanden?"

Kati nickte. Vor lauter Rührung konnte sie gar nichts mehr sagen. Sie war froh, dass die Kutsche anrollte und Vinzenz abstieg um ihr beim Einsteigen und Verstauen von Kind und Koffern half.

Sie schloss die Tür und winkte Aurelia und Georg zu. Die anderen hatten sich schon vorher von Kati verabschiedet.

Aurelia seufzte. „Ellis wird auch ziemlich traurig sein, dass sie keine Spielkameradin mehr hat. Die beiden waren wie Geschwister. Zum Glück habe ich noch Sara, die sich um meine Kleine kümmert. Aber Kati wird mir schon fehlen."

„Ja Aurelia, das glaube ich Dir. Leider muss ich Euch auch noch etwas mitteilen. Vielleicht nach dem Mittagessen?"

„Ich hoffe nicht, dass Du uns auch noch schlechte Nachrichten hast."

Georg drehte sich von Aurelia weg und ging zu den Stallungen hinunter. Da war der jungen Frau bereits klar, dass es nichts Gutes sein konnte, was er ihnen erzählen wollte.

Nach dem Mittagessen bat Georg alle ins Kaminzimmer.

Aurelia mit ihrem Mann Tarek, Sara und Willi, Maria und Monika. Selbst Vinzenz war her zitiert worden und hatte seine Stallarbeit unterbrechen müssen.

Auf dem kleinen Beistelltisch standen acht Gläser und Georg goss in jedes eine Handbreit seines besten Cognacs und gab jedem eines davon in die Hand. Dann räusperte er sich und begann.

„Meine Lieben, zunächst einmal möchte ich mich bei euch allen für die großartige Zeit mit euch bedanken. Ich konnte mich immer auf jeden einzelnen von euch verlassen und das war etwas sehr Wertvolles für mich. Euch habe ich es zu verdanken, und natürlich auch unserem verstorbenen Joaquin, dass unser Gestüt und unsere Pferdezucht so gut dastehen. Leider hat mein Hausarzt eine nicht heilbare Krankheit bei mir festgestellt. Ich werde also ebenfalls in absehbarer Zeit von euch gehen. Seid deshalb bitte nicht allzu traurig, denn ich hatte ein wirklich schönes und erfülltes Leben. Mein Testament liegt bei unserem Hausnotar Dr. Huber. Es ist alles geregelt. Wie lange mir noch bleibt kann ich nicht genau sagen, aber wie gesagt, es ist absehbar. Deshalb erhebt die Gläser auf den Erfolg unseres Gestütes, das ich in die treuen Hände meiner geliebten Enkelin Aurelia lege. Hiermit Aurelia bist Du, ab sofort auch ganz offiziell, die Leiterin und Besitzerin dieses wundervollen Pferdegestütes und ich weiß, dass Du es in meinem Sinne weiterführen wirst."

Keiner der Anwesenden war in der Lage etwas zu sagen. Als Georg sein Glas erhob, taten sie es ihm gleich, doch alle waren verhalten und still.

Dann ergriff Aurelia das Wort. „Lieber Georg, ich habe schon länger bemerkt, dass es Dir nicht so gut geht, doch dass es so ernst um Dich stehen könnte, das habe ich wohl erfolgreich verdrängt. Natürlich werde ich mein Bestes geben, um das Gestüt weiterhin erfolgreich weiterzuführen. Das bin ich Dir schuldig, denn Du hast so viel für mich getan. Das werde ich Dir niemals vergessen. Ich liebe Dich. Wir alle lieben Dich."

Sie ging auf ihn zu und nahm ihn fest in ihre Arme. Da sie wusste, dass er nicht wollte, dass sie weinte, versuchte sie sich zu beherrschen. Doch natürlich machte sie dieser Gedanke furchtbar traurig.

Die anderen schauten betreten zu Boden und tranken ihr Glas aus, dann machte sich jeder wieder an seine Arbeit.

Aurelia wollte ebenfalls wieder gehen, doch Georg bat sie noch kurz zu bleiben.

„Hast Du Dir schon überlegt, wie Du das mit dem neuen Jockey regeln willst? Da Kati jetzt weg ist, musst Du in dieser Hinsicht keine Rücksicht mehr nehmen."

„Ich werde eine Anzeige aufsetzen in einer renommierten Pferdezeitschrift und die Herren dann probereiten lassen."

„Das ist eine gute Idee. Setz die Anzeige auf, ich werde sie dann morgen zur Zeitung bringen. Ein bisschen unter die Leute zu gehen, solange ich noch kann, erfreut mein Gemüt. Dann setze ich mich in ein Café und genieße die Wintersonne."

Aurelia nickte. „Ja, bis morgen zum Frühstück hast Du Deinen Text. Ich geh jetzt wieder an die Arbeit."

Sie musste jetzt dringend etwas tun und sich ablenken. Sie zog sich warm an und ging zu den Pferden. Sturmwind begrüßte sie bereits mit einem leisen Wiehern.

Sie ging in die Box und vergrub ihre Nase in seinem weichen Fell. „Na mein Schöner, wenn ich Dich nicht hätte. Du hilfst mir bei jedem Kummer."

Reglos blieb sie stehen, genoss die Wärme des Pferdekörpers und sog seinen Geruch nach Heu in sich ein. Es beruhigte sie, die Anspannung fiel ab und die Tränen flossen. Bei Sturmwind musste sie nicht die Starke spielen, sondern konnte ihre Gefühle frei zulassen. Er urteilte nicht. Wie gut es tat sich allen Kummer aus der Seele zu heulen. Nach einer Viertelstunde fühlte sie sich wie befreit und konnte ihrer täglichen Arbeit nachgehen. Sie würde auch noch eine Annonce für einen weiteren Stallknecht aufsetzen. Vinzenz gehörte in den Ruhestand. Er hatte bereits das Wohnrecht in dem kleinen Gästehaus. Doch genau wie bei Kati, wollte sie ihm eine kleine Apanage bezahlen, so dass er ein bescheidenes, aber schönes Restleben haben konnte. Er war der Familie immer sehr zugetan gewesen und wenn er wollte, konnte er ja immer noch ein bisschen mithelfen und den Neuen dann einarbeiten.

Während sie, in ihren Gedanken versunken, die Stallgasse entlang ging, traf sie auf ihren Mann. Dieser war dabei die Box von Moonlight auszumisten. „Na meine wunderschöne Frau. Was überlegst Du?"

„Ich denke nur über meine nächsten Handlungen nach. Wir brauchen einen neuen Jockey und einen neuen Stallburschen. Ich werde dann mal in mein Büro gehen und den Text aufsetzen. Georg will ihn morgen zur Redaktion bringen."

„Dann mach das. Vinzenz, Willi und ich schaffen das hier auch allein."

„Na gut, dann schwirr ich mal ab." Sie drückte ihrem Mann einen Kuss auf den Mund und der begann zu grinsen wie ein

Honigkuchenpferd. Ach, wie er sie liebte. Diese Frau würde er nie hergeben. Er wüsste gar nicht, wie er ohne sie klarkommen sollte.

Währenddessen ging Aurelia in ihren Büroraum und versuchte einen Text zu verfassen. Es fiel ihr schwer sich zu konzentrieren, aber das war ja auch kein Wunder nach dieser Hiobsbotschaft. Trotzdem war es gut, nun endlich zu wissen, was los war. Somit konnte sie sich vorbereiten. Eigentlich wollte sie keinen neuen Jockey einstellen. Sie wollte viel lieber selbst reiten. Doch ihr war bewusst, dass Tarek darüber nicht sehr begeistert sein würde. Also riss sie sich zusammen und formulierte zwei einfache Stellenanzeigen. Das Gestüt war inzwischen bekannt und es würden sich sicher einige Herren melden. Als sie fertig war, brachte sie den Text zu ihrem Großvater, den sie in seinem Kaminzimmer sitzend vorfand. Er las ein Buch, hatte sich eine Zigarre angezündet und einen weiteren Cognac eingeschenkt. Normalerweise hätte die junge Frau ihn ausgeschimpft. Doch warum sollte sie einem Sterbenden diese kleinen sündigen Gewohnheiten verbieten. Sie konnten ihm nicht mehr wirklich schaden.

Am nächsten Morgen ging Georg zu den Stallungen hinunter, suchte Vinzenz und ließ die Kutsche anspannen. Sein Weg führte zunächst zur Zeitung, wo er die Annonce aufgab. Dann beschloss er, sich zu seinem Hausarzt Dr. Hoffmann nach Überlingen fahren zu lassen. Dort angekommen klopfte er an dessen Tür und die Sprechstundenhilfe ließ ihn eintreten.

„Haben Sie denn einen Termin Herr von Dorner?"

„Leider nein, meine Teuerste. Aber es wäre dringend. Ich fühle mich nicht gut."

„Dann werde ich den Doktor bitten, Sie sich anzusehen. Einen kleinen Moment bitte."

Es dauerte eine Weile, doch dann kam Dr. Hoffmann aus seinem Sprechzimmer geeilt und bat Georg hereinzukommen.

„Guten Tag Herr von Dorner, wie kann ich Ihnen helfen?"

„Nun, Herr Dr. Hoffmann. Ich habe meiner Familie gebeichtet, dass ich bald sterben werde, und sie haben es sehr tapfer aufgenommen. Tatsächlich fühle ich mich von Tag zu Tag schwächer. Ich habe ziemlich an Gewicht verloren und möchte Sie bitten, mich noch einmal zu untersuchen und ihre Prognose abzugeben, wie lange mir noch bleibt."

„Gut, dann ziehen Sie doch bitte ihr Hemd aus und legen Sie sich auf die Liege, Herr von Dorner."

Georg tat wie ihm befohlen.

Dr. Hoffmann tastete und drückte auf Georgs Bauch herum und machte ein besorgtes Gesicht.

„Und? Wie lautet die Prognose?"

„So wie es aussieht haben Sie sich nicht an meine Anweisungen gehalten fettarm zu essen, nicht zu rauchen und nicht zu trinken. Die Leber ist stark vergrößert und fühlt sich narbig an. Deshalb gehe ich eindeutig von einer Leberzirrhose aus, vielleicht sogar bereits krebsartigen Veränderungen. Was mir allerdings noch mehr Sorge bereitet ist, dass ich da, wo die Bauchspeicheldrüse sitzt, ein Gewächs ertasten kann. Leider sind Gewächse in diesem Bereich in der Regel sehr bösartig. Wollen Sie wirklich die Wahrheit wissen?"

„Aber Ja Herr Doktor Hoffmann. Nur die Wahrheit bringt Klarheit. Auch wenn sie schonungslos ist."

„Gut. Ich denke sie haben noch drei bis sechs Monate zu leben. Allerdings wird es sehr schmerzhaft werden. Ich gebe Ihnen deshalb starke Morphium Pillen mit. Melden Sie sich, wenn sie weitere benötigen. Ich habe hier einen Boten, der sie auch ins Gestüt hinüberbringen kann. Niemand muss Schmerzen leiden. Daran soll es nicht scheitern."

Er drückte Georg einige der Pillen in die Hand. „Allerdings sind diese Pillen nicht ganz billig und niemand sollte davon erfahren."

„Ich werde schweigen wie ein Grab. Herzlichen Dank Herr Doktor."

Er drückte dem Arzt eine großzügige Summe in die Hand und spazierte frohen Mutes wieder zur Kutsche. Wenigstens konnte er nun sein Ende selbst bestimmen, ohne allzu sehr leiden zu müssen.

Zu Hause angekommen, verabschiedete er sich mit dem Wunsch ein bisschen lesen zu wollen in seine Kaminzimmer und genoss die verbotenen Genüsse des Rauchens und Trinkens. Er hatte nichts mehr zu verlieren und wusste das Gestüt in guten Händen. Hin und wieder schloss er die Augen und träumte sich in die Zeit zurück, als er im Orient unterwegs war, nach den schönsten Pferden dieser Erde. Einige davon hatte er mit nach Hause gebracht und bald würde er seine Frau und seine Tochter wieder sehen. Er hatte keine Angst vor dem Sterben, denn sein Leben war wahrlich erfüllt gewesen. Für die Hinterbliebenen würde es viel schlimmer werden. Gut gelaunt goss er sich noch einen weiteren Cognac ein und war schon ziemlich beschwipst, als er zum Abendessen hinüberging. Aurelia und

Tarek versuchten sich nichts anmerken zu lassen. Sie hatten verstanden, dass seine Zeit abgelaufen war und er sich noch die letzten Freuden, die ihm blieben, gönnte. Wenigstens so lange, wie die Schmerzen noch erträglich waren. Dann würde er alle Pillen auf einmal schlucken und sich aus dem Leben verabschieden.

Da er so in seinen Gedanken versunken war, hatte er zuerst gar nicht bemerkt, wie Aurelia ins Zimmer getreten war. Erst als sie ihn ansprach.

„Morgen kommt ein Jockey, um sich vorzustellen. Ich werde ihn probeweise auf Joy reiten lassen. Oder was denkst Du Georg?"

Georg nickte. „Gute Wahl. Joy lässt sich am problemlosesten von einem ihr Fremden reiten. Du machst das schon richtig."

In dieser Nacht kuschelte Aurelia sich eng an ihren Mann. „Meinst Du, wir schaffen das alles allein? Ehrlich gesagt, ist mir schon etwas mulmig zumute."

„Wir haben doch schon ganz andere Dinge gemeistert mein Schatz. Weißt Du noch, wie Du Dich als Junge verkleidet hast, damit Dich niemand von den Schergen des Königs erkannt hat? Das war doch auch ein gefährliches Abenteuer, das du perfekt gemeistert hast. Bei der Leitung des Gestüts besteht keine Lebensgefahr. Wir können höchstens bankrottgehen. Da wir aber momentan ein dickes Polster haben und großartige Rennpferde, habe ich keine Bedenken, dass wir das nicht schaffen könnten. Außerdem haben wir uns. Das ist doch das Kostbarste."

Zärtlich schaute Aurelia ihrem Mann in die Augen. „Du hast wie immer recht lieber Tarek. Doch nun genug geredet."

Sie begann ihn zu liebkosen, fuhr mit den Fingerspitzen seinen Rücken hinunter und an den Seiten wieder hinauf, umkreiste seine Brustwarzen und begann daran zu saugen, bis er es fast nicht mehr aushielt. Er warf sich auf sie, küsste sie leidenschaftlich und drang in sie ein. Ihre Bewegungen steigerten sich, bis sie befriedigt und erschöpft aufseufzte. Ein

Bein Tareks lag über der Hüfte seiner Frau, die genüsslich dem gerade erlebten Orgasmus nachspürte.

Tarek konnte sich an ihr nicht sattsehen. Welches Glück hatte er doch in seinem Leben. Mit ihr an seiner Seite würden sie alles schaffen können. Mit diesem Gedanken driftete er ins Land der Träume ab.

Aurelia amüsierte sich darüber, wie schnell ihr Mann eingeschlafen war. Sie schaute noch einmal hinüber ins Kinderbettchen, in dem Ellis ebenfalls ganz ruhig schlief. Sanft zog sie die weggestrampelte Decke wieder über ihr Kind und legte sich ins Bett zurück. Sie konnte lange nicht einschlafen und dachte an das bevorstehende Einstellungsgespräch am nächsten Tag. Ihren Gedanken wanderten in Sturmwinds Box und eine tiefe Ruhe überkam sie. Vermutlich spürte er die Gedanken seiner Herrin, denn auch er entspannte sich und legte sich in sein Strohbett. Untrennbar mit ihrer Seele verbunden. Ein treuer Freund und Begleiter.

Davon hatte Aurelia nämlich zwei. Tarek und Sturmwind, die, solange es ging, an ihrer Seite bleiben würden. Durch dick und dünn, bis an den Rest ihres Lebens.

ENDE

Die folgenden Bücher von Rita de Monte sind bisher erschienen:

Das Glück dieser Erde
Band 1 der Aurelia-Reihe
ISBN: 9783756887330
Ladenpreis: Taschenbuch: 9,99 EUR

Schnell wie der Wind
Band 2 der Aurelia-Reihe
ISBN: 9783756809462
Ladenpreis Taschenbuch: 12,99 EUR

Das Buch „Sonne meines Herzens" enthält alle 3 Bände der Aurelia-Reihe
ISBN: 9783755712169
Ladenpreis Taschenbuch: 19,95 EUR

Alle Bücher sind auch als e-Books erhältlich.

Beziehungsanalyse mit den Lenormand-
karten - Muss ich denn noch viele Frö-
sche küssen?
ISBN: 9783756294565
Ladenpreis Taschenbuch: 24,95 EUR
Auch als e-Book erhältlich